야수의 허기

LA FAIM DU TIGRE
By René Barjavel

국립중앙도서관 출판시도서목록(CIP)

야수의 허기 / 르네 바르자벨 지음 ; 장석훈 옮김.
— 파주 : 문학동네, 2004
p. ; cm
원서명: La faim du tigre
원저자명: Barjavel, René
ISBN 89-8281-827-8 03860 : ₩12000
864-KDC4
844.914-DDC21 CIP2004001050

야수의 허기

La faim du tigre

르네 바르자벨 지음 | 장석훈 옮김

문학동네

어느 낙관주의자의 헌사

나의 손자들과

그들의 손자들에게

이 책을 바친다.

양의 배고픔은

호랑이의 배고픔과 다르지 않다.

—샤를 루이 필립

이 책의 초판은 1966년 5월에 나왔다. 현재의 판본은 몇 가지 문체상의 교정을 본 것 외에는 초판 원문 그대로이다. 이 판본에서도 나는 여전히 같은 질문을 던지고 있다. 물론, 아직도 그에 대한 답을 찾지 못하고 있는 상태이다.

1971년 9월 르네 바르자벨

나는 결코 봄을 심상히 지나치지는 못할 것이다. 해를 거듭할수록 봄은 놀라움과 경이로움으로 점점 더 나를 사로잡는다. 나이를 먹어가고 세월의 회한과 고통이 있다 한들, 그것을 막을 도리는 없다. 마로니에가 가지에 촛불을 밝히고 거기서 새들이 노래할 때, 갓 피어날 새싹을 생각하며 내 마음은 설레었다. 그리고 나는 세상의 모든 것은 옳고 바른데 오직 우리의 어리석음으로 인해 겨울이라는 계절이 생겼다는 확신을 가졌으며, 이번만큼은 4월과 5월을 꼭 붙들어매리라 마음먹었다.

하늘은 씻은 듯 맑고 구름은 새하얗다. 대기는 더이상 자동차 매연으로 오염되어 있지 않다. 이제는 어디서도 양과 종달새를 사냥하지 않는다. 조금 있으면 보리수나무에 꽃이 피고 벌들이 날아들고 장미꽃이 활짝 피어오르며 나이팅게일이 이 밤, 이 세상에 가득한 즐거움을 노래할 것이다. 모든 것이 완전히 새로운 기회를 맞이하여 다시 시작된다. 이번만큼은 모든 것이 다 잘될 것이다. 새로운 해가 되니 작년보다 일 년이라는 시간을 덜 가진 셈이 된다. 아니, 내 삶 전체가 덜어진 셈이다. 나로부터 무언가 비롯된다. 그것은 해마다 반복되는 위대한 환상이다. 식물의 세계가 가장 먼저 왕좌를 차지한다. 단 한 번의 비약으로 무수히 많은 나무와 풀들이 다시 모습을 드러내며, 줄기가 신들린 듯 뻗어오르고, 영원히 사라지지 않을 완벽한 형상의 이파리들이 펼쳐진다. 지구의 반대쪽에선 이미 성큼 다가온 가을이 이 기적과도 같은 것들을 땅에 내팽개치고, 이어 겨울이 와서 그것을 부패시킨다.

하지만 지금 우리에겐 봄이 다가와 있다. 가을은 딴 세상 이야기며 겨울은 이미 죽은 거나 다름없다. 마로니에는 첫 영성체를 받는 아이마냥 하얗고, 복숭아나무는 장밋빛 불꽃이며, 백합은 횃불이다. 세상의 모든 꽃밭, 들판, 숲, 사람의 손이 닿는 곳, 닿지 않는 곳 가릴 것 없이 황폐하지만 않은 곳이라면, 단 1제곱미터의 땅 위에도 고요하고 차분한 식물들의 사랑이 거침없이 펼쳐진다.

어떤 꽃들은 성이 하나만 있는 단성화(單性花)다. 장미꽃 향기를 맡으며 그런 생각을 해본 적이 있는가? 그러나 대부분의 꽃은 양성화(兩性化)다. 짧은 주기를 가졌지만 그 생명은 아름다움이 절정에 달할 때 사랑을 완성한다. 장밋빛 복숭아는 자신이 피운 모든 꽃을 통해 사랑으로 화한다. 풀도 마찬가지다. 저 지평선 너머의 보스*와 우크라이나 평원은 거대한 사랑의 공간이다. 몇 주 후면 이 세상의 반을 차지하고 있는 수풀과 초목은 무수한 꽃가루를 흩뿌릴 것이고 그 미세한 씨앗들은 대부분 바람과 함께 멀리 사라질 것이다. 운이 좋다면, 미풍과 벌레에 의해 실려간 씨앗들은 암술을 만나 수정을 할 것이다. 그렇게 생명은 이어진다.

생명을 이어가기 위해 동물은 발정을 한다. 숲과 들판에서, 바위와 나무껍질 속에서, 그리고 둔중한 땅속과 바람 속에서, 좀벌레부터 코끼리에 이르기까지 모든 동물은 수컷이 암컷을 찾아나선다. 물고기 암컷이 물웅덩이, 늪, 강, 바다에 수많은 알을 낳아두면, 수컷이 와서 수정을 한다.

며칠 동안, 생명체가 사는 모든 물은 정자로 넘쳐나게 될 것이다.

수정란에서 치어들이 봇물처럼 쏟아져나오면, 그들의 서툰 헤엄을 보고 탐욕에 찬 주둥이들이 그들을 향해 나아간다. 치어가 세상에 선을 보이자마자 큰 물고기들이 그들 대부분을 들이켜듯

* 프랑스 북부 센 강과 루아르 강 사이에 위치한 곡창지대.

삼켜먹고 만다. 그중의 일부는 살아남아 성어(成魚)로 자라나고 다른 동물에게 먹히기 전에 알을 낳는다.

일부지만 그것으로도 생명의 끈은 이어질 것이다.

정상적으로 생겨먹은 모든 생명체는 그저 하나의 생식기일 뿐이다. 그 외의 다른 기관들은 저마다의 역할을 갖고 생명을 유지시키고 생식기가 사명을 완수할 수 있도록 보조할 뿐이다.

생명체는 오로지 공간 속을 펴져나가고 시간 속에 스미기 위해 존재하는 것 같다.

이와 같은 이중의 목적을 달성하도록 만들어진 생명의 종(種)들은 자신의 의무에서 벗어날 도리가 없다. 존재는 중력의 법칙에 따라 흔들리는 진자처럼 의무에 매달려 있다. 진자는 바람에 흔들릴지라도 언제나 수직을 향하게 되며, 그 상태에서 좌우로 흔들린다.

인간은 법칙과 관습의 틀 안에서 자신이 무엇을 하고 무엇을 원하는지 아는 완벽한 존재라는 생각을 하며 스스로 만족스러워한다. 하지만 인간 모습을 좀더 자세히 살펴보면 인간은 인간이라는 종을 유지하기 위해 필요한 만큼만 삶을 맛볼 수 있고, 그런 후에는 그것을 다음 세대로 넘겨주어야 하는 허깨비일 뿐임을 알 수 있다.

인간이란 결국 생식자다. 받은 생명을 다시 전달할 뿐이다. 인간은 오직 이를 위해 존재한다. 인간이 태어나서 생각하고, 일하고, 투쟁하고, 고통받는 것은 모두 이것 하나를 위한 것이다. 그 임무를 완수하는 이들이 있는 반면, 임무를 완수하지 못하고 죽는 이들이 있다. 그러나 쓸모 있는 존재와 쓸모 없는 존재 사이에는 별 차이가 없다. 중요한 것은 종으로서의 삶뿐이다.

남자는 사랑의 행위를 할 때마다 난자를 향해 8억 개의 정자를 뿌린다. 프랑스 인구의 20배가 넘는 수치다.* 오늘날 전 세계 남자의 수는 15억 명 정도 되고 그중 4억 명이 생식 가능한 연령대이다. 자세한 자료에 근거한 것은 아니어서 수치가 정확하지 않을 수도 있지만 아무튼 그 규모가 어마어마하다. 생식이 가능한 남자 중 절반이 24시간에 한 번 성행위를 한다고 가정해보자. 그렇게 되면, 매일 2억×8억 개에 달하는 정자가 쏟아질 것이다. 그리고 대략 1500억 개당 한 개의 정자만이 난자에 도달해서 수정이 될 것이다. 나머지는 사라져버린다.

천문학적인 숫자의 정자가 그대로 버려지는 것은 종이 존속할 수 있도록 배려하는 장치 때문이다. 수태의 과정이 쉽지 않고 이와 같은 여러 장치가 있다 하더라도, 요동치는 정자의 뾰족한 머리는 집요한 포위공격 끝에 마침내 규칙적으로 배란되는 난자의 막을 뚫고 들어갈 것이다. 이 수정란은 한 개체로 자랄 것이며, 그 개체는 다시 생명의 씨앗을 뿌릴 것이다.

생식능력이 있음에도 후손 없이 살다가 죽은 남자와 여자 역시 그들의 행위를 지배하는 생식선에 평생 조종당했을 것이다.

---

* 이 책은 1966년에 초판이 출간되었다. 따라서 본문에 인용된 수치는 모두 1966년 당시를 기준으로 한 것임을 밝혀둔다.

생식선이 사랑의 욕구를 불러일으켰을 것이다. 그것 하나 때문에 행복에 겨워하거나 고통에 몸부림치거나 아니면 단호히 그것을 거부했을 것이다. 생명의 흐름을 타든 측면으로 거슬러가든 아니면 역류로 거슬러올라가든, 아니면 휘파람 불며 가든 닻을 내렸든, 그도 아니면 난파를 당했든 간에 인간이라는 존재는 개인적으로나 가정적으로나 사회적으로 매 순간 그 생식선에 좌우된다. 『로미오와 줄리엣』에서 사다리를 타고 오른 것은 로미오가 아니라 남성 생식세포였다. 자신을 강력한 힘으로 끌어당기는 여성 생식세포를 만나러 가기 위해 사다리를 오른 것이다. 남녀관계의 희비가 어떻게 갈리는지 우리는 잘 안다. 돈 주앙과 그가 건드린 여인들이 그렇다. 시멘*도 그렇고 메살리나**, 오난***도 그렇다. 그리고 살아 있는 세포를 지닌 수많은 익명의 남녀도. 버림받은 이도, 사랑에 상처입은 자도, 심지어 동성애자도 마찬가지이다. 인간은 어느 누구도 생식선으로부터 자유롭지 못하다. 그들은 사랑이 빚어내는 육체적 환희를 얻고자 하는 충동의 노예다.

이 환희는 삶이 자신을 존속시키기 위한 배려로 만든 또하나

---

* 코르네유의 비극 「르 시드」의 여주인공.

** 로마 황제 클라우디스의 아내. 방종한 생활로 악명이 높았다.

*** 구약성서에 등장하는 인물. 창세기 38장 4~10절 참조.

의 장치다. 개체가 아직 다 성숙하지도 않았는데 이러한 환희로 개체를 몰아가는 욕망은 냉혹하면서도 절대적이고 보편적인 종의 위대한 의지이다. 의식이 있든 없든, 거기에 굴복하든 저항하든, 인간은 숙명적으로 육체와 함께 이러한 의지를 견뎌내야 한다.

난자에 도달하는 정자와 소멸하는 1500억 개의 정자 모두 미래를 향해 정보를 실어나르고 있다. 뒤이어 삶이 생겨나고 그 삶이 어떻게 전개될지도 정해진다.

매일 지구 인구의 5천만 배에 달하는 군대가 미래를 향해 돌격하다 사라지고 있다. 또한 매일 그만큼의 군대가 다시 일어나 돌격하고 있다. 미래가 지속되고 정보를 전수하기 위해서는 그 대학살 속에서 1500억 분의 1의 생존만으로도 충분한 것이다.

눈에 보이지 않는 정자가 아주 작은 난자 속으로 들어가는 순간, 그 결합은 이후 빚어질 인간의 모든 생리 작용을 결정한다. 난자와 정자는 인간이 되기 위한 총체적인 계획하에 각자 자신의 정보를 가져와 결합하고 뒤섞으며 서로 더하기도 하고 나누기도 한다. 그 결과 각양각색의 남자 혹은 여자가 만들어지는데, 어쨌든 그렇게 해서 만들어지는 것이 인간이다.

인간이라는 종이 자신을 자각하기 시작한 이후, 여자가 남자의 정자를 자신의 난자 속으로 받아들여 말(馬)도 아니고 달팽이도 아니고 상추도 아닌 인간을 잉태했다는 것은 매우 놀라운 일이 아닐 수 없다.

난자는 직경이 20밀리미터 정도 된다. 정자는 그보다 수천 배나 작다. 다 합쳐보아도 반 밀리그램도 채 되지 않는다. 프랑스어 어휘 중에 그렇게 적은 양의 물질을 지칭하는 말은 존재하지 않는다. 그러나 그 극소 물질은 자신의 미미한 요소들로 온전한 성인 인간을 만들어낼 수 있는 프로그램을 가지고 있다. 머리카락의 색깔과 그 수가 정해지고, 6000년 전 선조로부터 오늘날까지 이어져 내려오는 몸의 점이 간혹 특정 혈통 여자들의 왼쪽 엉덩이에 나타나는 것은 바로 이런 프로그램 때문이다. 가슴이 풍만한가 빈약한가, 어깨가 처졌나 각졌나, 손톱이 탄력이 있나 잘 갈라지는가, 발가락 위에 털이 있는가 없는가, 이 모든 것이 거기서 결정된다. 미소를 지을 때 눈가에 주름이 잡히는 방식, 물건을 잡을 때 팔을 뻗는 모양, 목소리, 잠을 깊게 자는지 얕게 자는지, 꿈을 자주 꾸는지 안 꾸는지도 모두 정해져 있는 것이다. 모든 것이 이 극소 물질 속에 들어 있다. 그것은 사람들을 서로 구분짓는 특징이며, 그 특징은 자신의 조상과 관련이 있다.

그러나 각각의 개체로 들어가기 전에 일반적인 단계가 존재한다. 그것은 동일한 종의 모든 개체에게서 나타나는 동일한 형성 과정을 보여준다.

난자와 정자는 하나의 세포를 만들기 위해 서로 섞이는 과정에서 분열한다. 미래의 모습을 담고 있으며 가장 기본이 되는 세포인 수정란은 둘, 넷, 여덟, 열여섯, 서른둘, 예순넷, 이렇게 계속 분열한다. 이 기하급수적 분열 덕분에 온전한 개체를 형성할 수 있는 무수한 세포가 만들어진다. 둘, 넷, 여덟, 열여섯, 이런 식으로 무수히 많은 세포들이 만들어지며, 각각의 세포 속에는 정보가 담겨 있다.

같은 종이 가지고 있는 정보는 말도, 달팽이도, 상추도 아닌 인간을 만들어낸다. 그리고 같은 계통이 가지고 있는 정보가 파란 눈에 금발인 스웨덴 사람이 될지 중국 사람이 될지, 오베르뉴 사람이 될지 흑인이 될지, 키다리로 만들지 땅딸보로 만들지, 아니면 바보로 만들지 절름발이로 만들지, 뚱보로 만들지 근육질로 만들지를 결정한다. 유기조직의 정보는 각각 분리되어 맡은 바 역할에 따라 간, 뇌, 망막, 위 등에 위치할 것을 결정한다. 그리고 그 정보를 통해 그들이 각각 어떤 일을 해야 할지 정확히 드러난다.

세포가 가지고 있는 정보는 혈액, 림프액 및 다양한 영양소를 받아들이고, 개체와 기관이 필요로 하는 것으로 변화시킬 것을 결정한다. 그것은 고도의 복잡한 공정을 수행하는 화학, 전기, 원자력 공장이 하는 일과 비슷하다. 에너지와 물질을 생산하여 필요로 하는 곳에 공급하거나 비축하며, 노폐물을 버리고 정보를 운반할 대용물이 마련되면 필요에 따라 원래의 것을 폐기하기도 한다.

수십억 개의 세포는 정보에 따라 개체가 형성되는 동안 각각 자신의 임무와 어디에 자리잡고 있어야 하는지까지도 알고 있다.

탄생할 때에도, 탄생한 이후에도, 성장 이후에도, 그리고 마침내 죽음에 이르기까지 우리는 세포가 갖고 있는 정보에 따라 움직인다.

개체는 스스로 만들어지는 것이 아니다. 개체는 생명을 원하지 않지만 생명활동은 그 의지와는 무관하게 이루어진다.

아무 때고 원한다고 해서 개체가 존재행위를 그만둘 수는 없다. 개체의 생명을 유지시켜주는 것은 개체의 의식과 판단에서 완전히 독립된 유기체이다. 개체가 갖고 있는 지성은 너무도 미약하며 그 주의력은 산만하기 그지없다. 얼마나 무지한지, 잠시 책무를 지우기에도 부족함이 너무 많을 정도이다. 만약 개체가 자신의 육체를 스스로 책임져야 한다면, 육체는 곧바로 무질서 상태에 빠질 것이다. 인간의 육체처럼 복잡한 세계를 통치하기 위해서는 물질의 원천과 우주의 법칙을 완전히 이해해야만 한다. 그러기 위해서는 지속적으로 깨어 있어야 하며, 한시도 주의를 게을리 해서는 안 된다. 그리고 유기조직의 작은 부분이라도 생명의 순환에서 벗어나지 않도록 잘 수렴하고 조직하고 판단하는 능력을 갖춰야 한다. 이 모든 것은 인간의 지식과 이해력, 의지로는 감당할 수 없는 것이다. 인간은 어설픈 나그네의 모습으로 '나' 라는 여관에 머무는 존재이다. 인간은 자신과 독립적으로 움직이는 유기조직의 작용에 완전히 무지하다. 그런데 유기조직의 움직임 하나로 모든 것이 엉망이 될 수도 있다.

인간은 존재의 시작을 스스로 결정하지 못하고, 존재가 제대로 움직이는 데 필요한 것을 마련해줄 수도 없다. 자신의 기능이 멈추는 시점을 결정할 수도 없다. 자살은 대부분의 종교에서 죄악으로 금기시하며, 자살한 사람의 주변 사람들은 공포감과 놀라움이 뒤섞인 감정을 느끼게 된다. 왜냐하면 그것은 개체가 자신의 영역이 아닌 곳에 개입한 것이기 때문이다. 오히려 살인이 그보다 덜 심각한 사안일지도 모른다. 생물학적으로 봤을 때, 다른 생명을 탄생시키는 것이 당연한 것처럼 타 개체의 죽음을 바라는 것도 당연한 현상이기 때문이다. 하지만 자신의 탄생과 죽음은 그렇지 않다.

무수한 세월이 지난 뒤, 인류는 그 동안 신비에 싸여 있던 인간의 몸을 칼로 열어, 마침내 부분적이나마 인간 몸의 작동 원리를 깨달았다. 그런데 놀라운 것은, 몸을 열어 보긴 했지만 그 안의 기관들이 어떤 쓰임새를 갖고 있는지 알 수 없었다는 것이다. 오히려 각 기관이 인간을 어떻게 써먹을지를 알고 있었다. 심장은 고동치고, 체액은 분비되고, 위장은 소화운동을 하고, 간은 해독작용을 하고, 피는 온몸을 돌아 영양분을 공급하고 노폐물을 걸러내고 병균과 싸운다. 이처럼 각각의 기관과 세포는 인간 개체의 개입 없이도 정확히 자신이 할 일을 알고 그것을 수행해낸다.

또다른 놀라운 일이 있다. 각각의 유기기관이 반 밀리그램 정도의 유기물질로부터 만들어져 필요한 곳에 위치한다는 것이다.

그러니까 항문은 배꼽의 위치에 있지 않고, 위는 뇌 속에 있지 않으며, 눈은 발바닥에 달려 있지 않고, 피부는 안팎이 바뀌지 않으며 심장이 손바닥의 자리에 있지 않은 것이다.

최초의 세포가 변형되고 그 변형을 도와주는 수많은 세포의 작용으로 인간이 생겨났지만, 그는 세포들이 하는 일에 끼어들 수 없다. 인간은 세포활동의 결과이지 원인이 아니다. 하지만 인간은 세포를 학대하고 오염시키고 심지어 목을 조르고 가해하기까지 한다. 세포들은 서로 대립한다. 죽음이 개체를 엄습하는 순간 생명체는 분해되어 다시 물질로 돌아가는데, 이때 많은 세포 중 일부는 개체에서 벗어나 생명과 그 생명의 정보를 다른 곳으로 옮긴다. 그리하여 개체와 그 종의 생명이 계속될 수 있는 것이다. 개체는 여기에 필요한 부속품일 뿐이다. 그 존재는 미미하지만, 개체는 여러 종 가운데서 시간과 공간 속으로 자신의 종을 이끌어나가는 거대한 흐름을 유지하는 데 한몫한다.

개체는 생명의 정보가 담긴 아주 작은 생명의 물 한 방울에서 만들어지는데, 그 개체는 정보를 할 수 있는 한 멀리 실어날라야만 한다. 그리고 어느 시점에 이르면 개체는 정보를 전달하는 세포군과 분리된다. 다시 말해서 그러한 세포군 중 일부는 개체보다 그 개체를 살 수 있도록 만들어준 생명의 정보를 더 멀리까지 실어나르는데, 그렇게 되면 정보를 전달하는 세포군은 개체보다 더 오래 살아남게 되는 것이다.

인간 존재는 자신의 부속물에 의해 결정되며 그 부속물들이 형성하고 있는 것에 따라 움직인다. 그는 자신의 갈 길을 통제할 수 없고 어디로 가는지도 모른다. 그저 외형상으로만 자율적인 생명활동을 영위하는 것처럼 보일 뿐이다. 개별적 인간 존재라는 것은 눈속임에 불과하다.

인간, 파리, 민들레와 같은 무수한 종류의 생명체는 한낱 운반 도구에 불과하다. 생명은 그들을 통해 시간과 공간을 가로질러 퍼져나간다.

소리없이 기민하게 움직이는 생명의 유일한 목적은 운반이다. 개체는 그것을 모른다. 세대를 거치면서 전달된 것은 각 종이 탄생한 이래 줄곧 이어져 내려온 생명 그 자체이다.

암컷의 생식세포와 수컷의 생식세포가 합쳐져 수정란을 만들면, 수정란은 그 종의 새로운 개체를 만들어내기 위해 분열을 시작한다. 분열이 시작되면 세포는 자신의 일부를 따로 떼어놓는다. 그 나머지에서 하나의 개체가 만들어진다. 처음 따로 떼어놓은 아주 작은 부분에서는 새로운 생식세포가 만들어지며, 새로 만들어진 개체를 통해 밖으로 분출된다. 그런 식으로 새로운 개체를 통해 새로운 생식세포가 계속 만들어지는 것이다.

이 아주 작은 세포가 다른 세포와 분리되는 순간 파괴된다 하더라도, 다른 세포는 그대로 분열되어 정상적이고 완전한 개체가 될 것이다. 성호르몬도 갖춘 채 말이다. 하지만 이 호르몬으로부터 난자나 정자가 만들어지는 것은 아니다. 거기에는 생식에 필요한 어떤 씨앗도 찾아볼 수 없다. 개체가 만들어질 때는 종으로부터 그리고 자신의 부모로부터 유전적 특성을 물려받고 자신의 개별적인 삶의 부분도 할당받기 마련이다. 하지만 종에 포함된 생명성 자체는 부여받지 못한다. 당연히 다음 세대에 물려줄 수도 없다. 단거리 우편물인데도 우편행낭은 비어 있는 것이다.

그렇다면 생식세포 안에는 그것이 만들어낸 개체와는 섞이지 않는 어떤 요소가 있는 듯하다.

수정이 되면 생식세포는 새로운 생식세포를 만들어내고 아울러 그것을 보관하고 운반할 수 있는 개체를 만들어낸다. 생식세포는 세대를 거치면서 생명을 간직하는 절대 독립의 실체다. 시간의 흐름에 따라 분절되지도 않고, 공간의 움직임에 따라 불어나지도 않는다. 이러한 역할을 수행하기 위해 생식세포는 오랜 시간에 걸쳐 그가 만들어낸 개체 각각에 기생해 살면서 오히려 주인으로서 개체를 지배한다.

개체의 삶은 제한된 겉보기 삶에 불과하다. 그것은 일시적 편린이며, 그저 운반자로서의 본연의 역할을 제대로 수행할 수 있도록 마련된 것일 뿐이다.

첫 생명체의 탄생 이후 계속 이어져 내려온 참되고 영원한 삶이란 공간적으로 팽창되고 시간적으로 영속하는 실체의 삶이다. 이는 같은 종의 개체들 사이에도 적용되며 다른 모든 종에도 마찬가지로 적용될 것이다. 수정란 상태에 있는 생명을 파괴한다 하더라도, 새로 태어나는 개체의 근본적이며 구체적인 속성은 아무런 영향을 받지 않기 때문이다. 이러한 사실이 의미하는 바는, 참된 생명은 각각의 개별적인 사안과 무관하다는 것이다.

그렇다면 모든 생명체 속에 다양한 모습으로 스며 있는 이 유일의 생명체는 진정으로 지성과 지식과 의식을 갖춘 존재일까?

이것만큼은 분명하다.

인간과 양과 시금치를 만드는 것은 우리가 아닌 바로 그 생명체라는 것.

우리의 심장을 뛰게 만드는 것은 우리가 아닌 바로 그라는 것.

그는 영원히 지속될 것이고, 우리는 죽어 없어지리라는 것.

그런데 왜 우리는 이 모든 것에 연연하는 걸까? 생명 때문이다. 우리가 그 속에 있기 때문이다. 다시 말해 우리가 살고 있기 때문이다.

그렇다. 사는 일밖에 없다. 그것은 우리 모두가 하는 일이며, 당신이 늘 하는 일이다. 하지만 모든 것이 순간적이다. 당신은 해변의 뜨거운 바위 혹은 모래 위에 앉아 있다. 혹은 매일 일하기 위해 앉는 반들반들한 나무의자 위에 앉아 있다. 당신은 휴식을 취하기도 하고, 일하기도 한다. 식사를 하기도 하고 커피를 마시기도 한다. 삶은 당신의 주위를 맴돌고, 당신과 함께한다.

수십억의 인간, 헤아릴 수 없는 생명체와 행성이 당신과 함께 한다. 그러나 당신은 주의를 기울이지 않는다.

지난 20년, 40년, 혹은 60여 년 동안 당신은 그 일부였다. 그것은 확대되기도 하고 축소되기도 하고, 올라가기도 했다가 내려오기도 하고, 저쪽에서 와서 이쪽으로 가기도 한다.

삶은 그렇게 당신과 함께한다.

당신은 삶 속에서 일정한 모습과 역할을 갖고 자리를 차지하고 있지만, 정작 당신은 그 사실에 무지하다. 당신은 아무 생각 없이 일하고, 잠자고, 숨쉰다. 당신은 존재할 뿐이다. 해변의 수많은 모래알과 다를 바 없다.

조수가 밀려와 당신을 적시고, 태양이 당신을 말린다. 바람이 당신을 휘몰면 당신은 저 멀리 밀려간다.

당신은 모래다. 드넓은 백사장 위에 널린 무수히 많은 모래알 중 하나다.

삶은 그렇게 당신과 함께한다.

당신은 태어나서 자라고 아이를 낳는다. 그리고 아이와 다른 이들을 위해 일한다. 다른 이들과 충돌하기도 하고, 아이들과 충돌하기도 한다. 사랑하기도 하고 미워하기도 하고, 때론 싸우기도 하고 행복에 겨워하기도 하고 슬픔에 빠지기도 한다. 먹기도 하고 울기도 하며, 때론 불행의 한가운데서도 기쁨을 느끼기도 한다. 그러는 사이 열차는 당신을 싣고 떠난다. 모두 떠난다. 당신도 떠난다. 당신은 지친 다리를 쉬고자 바위 위에 앉기도 하고,

일을 하기 위해 의자에 앉기도 한다.

갑자기 바람과 조수와 태양이 사라진다. 당신은 홀로 버려져 꼼짝하지 못한다. 주변은 잔인할 정도로 고요하다. 그 순간, 당신은 당신이 그 어느 곳에도 연결되어 있지 않은 존재라는 사실을 깨닫는다.

갑자기 당신은 자신을 둘러싸고 돌아가는 흐름을 알아차린다. 대단히 경이로운 회오리가 그 모든 것을 주재하고 있다. 지난 수백억 년 전부터 미래의 헤아릴 수 없는 시점에 이르기까지, 수백억 개의 공간에서 또 그만큼의 미래의 공간에 이르기까지 회오리가 모든 것을 주재하고 있는 것이다.

움직이는 무수히 많은 피조물, 가령 원자, 세포, 개체, 행성, 은하, 천체 이 모든 것은 그 회오리로부터 흘러나와 그곳으로 돌아간다.

삶은 그렇게 당신과 함께한다.

어디로?

잠시 섬광이 비칠 때 당신은 보았다. 자신이 아무것도 아니고 사소하다는 것을, 그저 무(無)에 불과하다는 것을. 당신은 무수히 많은 운반자 중 하나일 뿐이다. 무수히 각각의 많은 알갱이도 당신만큼 의미를 지니고 있다. 그 이상도 이하도 아니다. 파리의 발바닥보다 더 낫지도 않고, 달님보다 못하지도 않다. 달님만 하다고 했을 때, 당신과 당신의 가족, 인류, 은하, 천체가 모두 달님만 하다. 무도 그렇다. 티끌 중의 티끌도 그러하다. 아무것도 아니다. 삼라만상에 속해 있는 그 모든 것은 아무것도 아니다.

회오리치는 삼라만상은 태초 이후 줄곧 변함이 없다. 당신은 아무것도 아니다. 당신과 당신의 내장, 섹스와 레지옹 도뇌르 훈장에 대한 욕구, 수프를 먹은 당신의 뱃속, 사랑의 감정이 담긴 가슴, 수염, 명주옷, 명석한 두뇌, 늘씬한 다리, 이 모든 것에도 불구하고 당신은 아무것도 아니다.

당신은 바람과 조수의 흐름 속에 자리를 잡는다. 하지만 그것은 위태로운 것이다. 모래는 뜨겁고, 의자는 딱딱하다. 엉덩이와 손에 박힌 군살과 귀를 통해 일어나는 연기는 무슨 소용이 있는가? 이 싸움은 다 무엇인가? 태어나고, 살고, 죽는 것은 무엇인가? 산다는 것은 무엇인가? 그리고 왜 사는가? 왜?

답을 할 수 있는 이는 당신이 아니다. 나 또한 아니다. 하지만 답을 얻을 수 없다고 해서 질문을 던지지 않는다면, 당신은 그저 한낱 산 송장에 불과할 것이다.

종은 자신의 목적을 자각하는가? 인류는 끊임없이 생존해야 하는 이유를 알고 있는가? 이러한 집단의식이 존재할지 모르지만, 인간 개개인은 그 목적을 알지 못한다. 가령 럭비 스크럼 앞쪽에 서 있는 포워드의 넓적다리 근육 세포가 럭비 규칙과 이기고 싶은 욕망을 알지 못하는 것과 마찬가지이다.

우리는 우리가 살고 있는 우주가 한 줌의 먼지라는 사실을 모른다. 양적으로나 질적으로 제한된 우리의 감각으로 우주의 실상을 알기란 어렵다. 우리의 이해력은 날지 못하는 비행기 꼴이다.

활주로의 이쪽 끝에서 저쪽 끝까지 활주만 할 뿐이다. 주위의 풀밭까지는 시선이 닿을지 몰라도 경치를 조망할 수 있을 만큼 날아오르지는 못한다.

그렇다 하더라도 우리는 이 한 줌 먼지와도 같은 우주의 극히 제한된 표면 위에서 예측할 수 없는 만남이 벌어지고 있다는 것 정도는 내다보고 예측할 수 있다. 만남의 구체적인 이치는 잘 모른다 할지라도.

생명을 다음 세대로 전하는 일은 목표한 곳으로 무엇을 옮기는 도구를 만드는 일과도 같다. 그렇다고 해서 개체가 목표에 접근하거나 도달할 수 있다는 것을 의미하는 것은 아니고, 그 목표 자체가 존재한다는 것을 의미하는 것은 더더욱 아니다. 하지만 생명을 가진 모든 종은 일종의 게임을 하고 있다. 그들은 모두 같은 게임을 하고 있다. 그리고 각자 자신의 역할을 수행한다. 그들은 무자비하게 서로 해치고 있으며, 때로 그 방법이 너무도 기상천외하여 마치 삶이 죽음을 먹고사는 것 같고, 그 뒤를 이어 진보하는 것은 각자의 재량에 달린 것 같다.

생명의 목표는 요원하고 도달할 수 있을 것 같지 않다. 그러므로 만약 어떤 생명체가 시간적 한계가 없는 생명을 가진 유일한 존재가 될 수 있다면, 그 존재는 언젠가 권태에 빠져 삶을 떨쳐낼 수 있는 방법을 찾으려 할 것이다. 생명의 실상이 자신과 함께 영원히 사라져버리기를 바라면서 말이다.

그러나 종의 다양성과 개체의 짧은 삶 때문에 그렇게 될 위험성은 없다. 생명이 계속될 수 있는 것은 개체가 유한하기 때문이다. 어떤 개체도 생명을 이해할 만큼의 충분한 시간이 없으며, 생명을 완전히 파괴할 수도 없다. 어떤 개체가 생명을 이해하거나 스스로 포기한다 할지라도 혹은 이해하지 못해 포기한다 할지라도, 그 개체를 둘러싼 무수히 많은 개체는 그 이전이나 이후나 여전히 그들의 길을 갈 것이다.

개체는 태어나고 살고 죽으며 다시 다른 이들이 사용할 수 있는 물질로 돌아가는 가운데 다음 세대에 임무를 넘기고 게임에서 사라진다. 개체는 자신이 무엇을 하고 있는지 알 시간조차 없음에도 생명을 전수하는 일을 거부할 도리가 없다. 그의 짧은 생애는 오직 다른 생을 위해 사용되지만 그는 자신의 생이 거기에 이용되고 있다는 사실을 모른다. 그는 그저 생식을 위한 도구일 뿐인데도 자신의 번식행위를 깨닫지 못한다.

샹보르의 봄날 저녁, 7년생 수사슴과 교미하는 암사슴은 수사슴과 마찬가지로 욕망을 충족한 후의 결과를 모른다. 암코양이를 차지하기 위해 파리 시민들의 밤잠을 방해하며 골목에서 싸워대는 수고양이들은 승자의 전리품이 새끼 고양이라는 것을 알지 못한다. 정원에 핀 나팔꽃은 자신이 씨앗이 될 것이라는 사실을 알지 못한다. 그리고 나팔꽃은 꽃을 피우는 이유를 모른다.

봄이 시작되면 수많은 식물이 세포에 기록된 불변의 질서에 따라 꽃가루를 만들어내고 암술을 열어보인다. 그러면 수술은 자신이 수컷이 된다는 사실도 모른 채 씨앗을 뿌린다. 암술과 수술은 모두 자신들의 아기꽃에 대해 무지하다. 그리고 일단 할 일을 마치고 나면 씨앗이 되지 않는 한 그대로 스러지고 만다. 동물의 의식에 대해 확신할 수 있는 것은 아무것도 없으며 식물의 정신현상에 대해서도 우리는 아는 바가 없다. 인간은 생물체 중에서 유일하게 성행위와 출산을 인과적으로 연결시킬 줄 아는 존재일지도 모른다. 그러나 오스트레일리아의 어느 부족은 이 두 행위를 연결시키지 않았던 것으로 전해진다. 성교가 생식을 위한 도구라는 것을 제대로 알고 있는 일명 문명인들조차도 스스로의 한계 때문에 생식의 목적이 무엇인지 잘 모른다. 그리하여 그들은 아주 단순한 도구, 다시 말하면 욕망의 노예가 된다. 골목의 고양이나 샹보르의 사슴과 전혀 다를 바 없는 것이다.

여자들은 임신했다는 것을 아는 순간 놀라게 마련이다. 그 놀라움이 기쁨을 동반하는 것이라 할지라도—놀라움이 기쁨을 동반하는 경우는 매우 드문 일이긴 하지만—사실을 인정하고 상황을 파악하는 데는 얼마간의 시간이 필요하다. 물론 그녀는 신속히 새로운 역할을 받아들이고 그것을 즐긴다. 하지만 그렇다 하더라도 이 사건은 믿을 수 없는 일이고 뭔가 기적과도 같은 일이 일어난 것만 같다. 남자와 사랑을 나누었다는 사실 말고는 자연스럽고 확실한 것은 아무것도 없다.

남자와 여자는 서로 사랑을 나누면서 자신들의 행위로 아이가 생길 수 있다는 것을 잘 알고 있기 때문에 빚어질 결과에 조심하고 주의를 기울인다. 그런데 이러한 주의가 소용이 없는 까닭은,

망각이 모든 생명체의 속성이기 때문이다. 원시인은 나비나 물소보다 더 많은 것을 알고 있지는 못했던 것 같다. 그러나 언어가 만들어지자, 각 세대는 자신들이 관찰한 것과 경험한 것을 모아서 다음 세대에게 전해주었다. 그리고 다음 세대는 자신들이 관찰하고 경험한 것을 덧붙여서 또 그 다음 세대에게 전해주었다. 그리하여 각 개체는 짧은 생을 살지만, 사물에 대한 일반적인 지식들이 시간의 흐름과 함께 축적된 것이다. 하지만 동물과 식물이 가지고 있는 것과 같이 단순하면서도 좀더 근본적인 지식은 축적되지 않고 하나씩 잊혀져가는 것 같다. 한 인간이 포착할 수 없는 것은 여러 인간에 의해 파악된다. 나는 앞서 말한 오스트레일리아의 부족이 그러한 사실을 몰랐을 리는 없다고 본다. 오히려 그들은 더 많은 것을 알고 있었던 것이 아닐까. 오늘날의 인간들은 비록 정규교육을 받지 못했어도 이성과의 은밀한 결합의 결과가 무엇일지는 안다. 여기서 인류는 인간 종에 거역하여, 원인과 결과를 분리할 수 있는 가능성과 종에 부여된 법칙을 따르거나 거역할 수 있는 가능성을 개인에게 부여한다. 그것은 자유라는 은총 덕분에 가능하다. 그러나 인간 종은 자유의지에 대항하여 사랑의 기쁨이라는 강력한 무기를 행사한다. 사랑의 기쁨은 보통 남녀에게서 모든 의식과 세심함을 빼앗아버린다.

사랑에 빠진 여인—나는 삶의 자연스런 결실이라 할 수 없는 냉담한 여인에 대해서는 아무 말도 하지 않으련다. 냉담한 여인은 불평 많은 사회와 이기적이고 서투른 남자들로 인해 생겨난 존재이기 때문이다—즉 사랑에 빠져 기쁨과 환희와 무의식적 황홀함에 잠긴 여인에게는 오로지 한 가지 절대적인 반사행위밖에 존재하지 않는다. 그것은 자신을 좀더 열어 가장 깊숙한 곳으로 남자를 받아들이는 것이다. 남자는 찰나와도 같은 순간에 불도저처럼 밀어붙이는 주사기와 같다. 그들은 자신들이 자기만 생각한다고, 각자 고유한 즐거움만 생각한다고 여긴다. 때로는 여자의 즐거움에 대해서만 신경쓴다고 생각하기도 하지만. 그들은 아주 사적이고 개인적이며 이기적인 행위를 했다고 확신하지만, 실상은 자신을 망각한 채 자유를 포기하고 전체를 위해 봉사한 셈이다.

남자는 복종한다. 조그만 쥐, 커다란 코끼리, 물속을 헤엄치는 물고기, 하늘을 나는 작은 새와 다를 바 없다. 봉긋한 가슴, 게슴츠레한 눈, 다리, 머리칼, 목소리만 있으면 된다. 철학자건 막노동꾼이건 마찬가지다. 남자는 달려들 뿐이다. 남자는 자신의 수동적인 처지를 이해하지 못하고 오히려 자신이 원하고 생각하는 바를 행한다고 믿는다. 이성을 향한 욕망에 의해 깨어나는 남자는 그것을 방해하는 모든 장애물을 뛰어넘거나 제거한다. 상대방의 무관심을 무마시키고, 도덕관념을 무력화시키며, 두려움을 제거한다. 그리고 상대를 부모로부터, 심지어 남편으로부터도 벗어나게 해서 자신의 아내 혹은 정부로 삼아 잠자리를 같이 한다. 절정에 달한 남자는 이 획득이 집요하고 주체적이며 의식적인 노력의 결과라고, 개인적 행위가 승리의 화환을 획득한 것이라고 생각한다. 하지만 내막을 들춰보면, 그는 페니스의 의지를 좇아간 것일 뿐이고, 그것은 인간이라는 자기장 안에서 늘 북쪽을 가리키는 나침반의 바늘과 같은 것이다.

자신이 먼저 골라놓고는 마치 남자에 의해 선택된 것처럼 행동하고, 남자가 극복해야 할 장애물을 제시하고, 남자가 달려오도록 그에게서 멀어지며, 자신을 정복하는 데 많은 노력이 필요하도록 남자를 밀쳐내는 못된 여자들이 있다. 그녀들은 게임을 이끌고 있다고 확신하지만, 실은 분열하는 데 필요한 보조세포를 받아들이기 위해 매달 이루어지는, 은밀하고 신비한 난자의 작용에 의해 좌우될 뿐이다. 인간의 삶을 들여다보면, 개체의 삶에서 배우자의 선택은 자신의 탄생 다음으로 가장 비의지적인 행위임을 알 수 있다. 쌍을 맺는다는 것은 무수한 사회적 우연 속에서 유전적 요소를 다듬어가면서 종을 보존하려는 노력의 결과다. 이러한 것을 가리켜 결혼이니, 애정이니, 질투니, 간음이니, 편력이니, 분배니, 매춘이니, 가족이라고 한다. 그리고 우리는 이 모든 것을 일컬어 사랑이라 한다.

여기 혼돈이 있다.

사랑, 그것은 자아를 망각하는 것이다.

반대로 소녀로 하여금 소년을 향하게 하는 것, 그리고 소년으로 하여금 소녀를 향하도록 하는 것은 아주 개인적인 필요를 충족시키기 위한 것이다. 이러한 욕구가 상호적일 때 두 사람에게 아주 특별한 감성체계가 생겨난다. 그들은 아주 밀도 높은 존재체험을 하게 된다. 서로를 재발견하고 함께하며 서로 대화하고 서로 바라보고 서로 생각한다. 성행위를 성사시키는 데까지 나아가지 않아도 된다. 혹은 그 이후까지 가지 않아도 된다. 우리는 그것을 가리켜 행복이라 한다. 그러나 둘 중 하나가 그 조화를 깨려 하거나 이러한 친밀한 관계에서 벗어나려 한다면, 그리고 자신의 행복을 위해 상대방의 행복은 안중에도 두지 않는다면, 우리는 그에게서 먹이를 뺏으려고 하는 사자의 모습을 보게 될 것이다. 그 야수성은 살인도 불사할 것이다. 그러한 행위에 대한 충동은 야만적인 이기주의이며 사랑에 배치되는 것이다.

사랑, 그것은 자아를 망각하는 것이다.

이때 우리는 자신의 몫을 나눌 필요가 없다. 베푸는 것밖에 알지 못하기 때문이다. 그러나 사랑이 상호적이라면, 다시 말해 각각의 배우자가 자신이 준 만큼 받는다면, 둘 사이에는 내부의 어떤 것도 훼손시킬 수 없는 진정한 기쁨이 생겨나게 된다. 진정한 사랑에는 진정한 행복이 깃들어 있다. 그런데 진정한 사랑이 자리를 잡기 위해서는 한 쌍을 이룬 두 존재가 생리적으로 조화를 이뤄야 한다. 또한 정신세계가 서로 통해야 하며, 취향이 일치해야 하고, 보완해주는 관계가 형성되어야 한다. 욕망의 추구도 비슷하며 앎의 정도도 균형이 잡혀야 한다. 그리고 각자 자신을 생각하기 이전에 남을 생각하는 품성을 갖춰야 한다. 이런 만남은 몹시 드물다. 어쨌든 그러한 만남은 우리가 당연하게 사랑이라고 부르는 것의 영향을 받지 않을 것이다. 우리가 당연하게 사랑이라고 부르는 것 때문에 곧잘 잘못된 판단이 빚어지며, 분명한 사실임에도 보지도 듣지도 못하게 되고, 상대에게 지속적인 만족감을 줄 준비조차 되지 않은 사람들이 서로 달려드는 일이 생긴다.

두 사람이 만나 하나가 되는 과정을 우연적인 요소에 맡기는 것은 현명한 일이 아니다. 그저 두 발 달린 존재일 뿐인 이성 상대—생식세포의 운반자—에게 환상을 심어주어 서로 충돌시키는 힘을 통제해야만 한다. 그러려면 5톤 트럭과 소형 오토바이가 부딪치는 것처럼 충돌시킬 게 아니라 나란히 같은 방향으로 같은 속도를 내며 나아갈 수 있도록 해주어야 한다. 그런데 오늘날 누가 이런 방향 설정을 가능케 할 것인가? 만약 부모들이 개입한다면, 그것은 이기주의와 맹목주의의 발로일 뿐이다. 오히려 선택의 근거를 혼란스럽게 만들 소지가 있다.

일부 고대 혹은 원시 사회에서는 주술사, 점성술사, 마법사, 사제 등이 그러한 결합을 관장했다. 이러한 방식 중에서 오늘날까지 남은 것으로 교회의 결혼예식이 있는데, 교회는 교회 밖에서 행한 의식을 인정하지 않는다. 하지만 이것도 부부가 맺어지기 전에 사제가 그 결합을 인정해야 했던 시절에나 통했던 이야기다. 사제가 작은 공동체 안에서 하늘이고 빛이던 시절, 사제만이 하느님과 인간을 온전히 파악할 수 있었던 시절에는 남녀를 맺어주는 다른 방법이 존재하지 않았다.

오늘날, 종교적인 것이든 아니든 결혼은 그저 행복한 일일 뿐이다. 그 무엇도 거기에 끼어들 수 없다. 두 사람이 하나가 되기 위해서는 서로 누군지 알기만 하면 된다.

교구를 가리키는 프랑스어 단어에는 '옆집' 이라는 뜻이 있다. 교구는 마치 인간의 몸처럼 각각의 기능을 가진 장인들이 공동체 전체를 위해 일하면서 다른 이들이 생산한 결실을 나누는 여러 집들이 모여 있는 구역을 뜻했다. 거기서 사제는 두뇌이자 심장 같은 존재였다. 교구라는 몸과 다른 세계와의 소통을 주재하는 것은 사제였다.

그런데 이 모든 것이 일시에 쇠퇴했다. 상인이 장인들 사이에 들어왔다. 교구는 점점 비대해지고, 사제는 자신이 하는 말의 의미와 제단 위에서 기계적으로 행하는 행위의 의미를 망각했다. 더이상 사람과 자신에 대해서 알 수 없었다. 인간에 대한 학문은 완전히 종적을 감췄다. 오늘날의 인간은 자신이 어디에 있는지, 자신이 왜 존재하는지, 자신이 누구인지 전혀 모르고 있다. 지속적인 소용돌이 속에서 창조를 이끌어낸 거대한 힘이 그를 이끌어 가는 가운데, 인간은 절망하지 않기 위해 스스로 환상에 빠져든다. 그 환상으로 인해 인간은 자신의 드넓은 지평을 편협한 이기주의의 틀 안으로 밀어넣을 수밖에 없다.

이처럼 연인은 세상의 다른 모습을 모르고, 그들이 '사랑' 이라고 부르는 것을 인간 세상에서 찾아보기 드문 위대하고 유일한 감정이라고 생각한다.

그러나 따지고 보면, 로미오로 하여금 사다리를 기어오르게 한 것은, 의식도 못 하면서 그가 만들어낸 수십억 개의 생식세포가 일으킨 거역할 수 없는 충동이다. 그의 몸은 거역할 수 없는 힘에 의해 다른 육체를 향한다. 그리고 그 육체와의 만남은 미래를 향해 쏘아올려진 불꽃처럼 그들을 빛나게 하는 것이다.

넋을 잃은 줄리엣이 종달새와 나이팅게일을 혼동하고 새벽이 오는 것을 몰랐던 것은, 미래의 우주를 꿈꾸는 난자가 자신의 미래를 확신하고 싶었기 때문이다. 자신을 향해 터져오르는 수억 개의 불꽃을 만끽하면서 그중 선택된 하나만이 필요한 메시지를 전달하도록 만든다. 이번 혹은 다음번, 아니, 가능하면 자주 그렇게 되기를 바란다. 한 번, 또 한 번, 그리고 또 한 번. 마침내 온전한 만남이 이루어질 때까지. 가지 마세요, 로미오, 제발. 저것은 나이팅게일이지 종달새가 아니에요. 우리에겐 아직 밤이 남아 있어요.

우리 사랑을 나눠요.

나머지야 셰익스피어가 알아서 하겠죠.

물론 배우자를 만난 순간 우리는 기쁨을 느낀다. 그를 보면 황홀하고, 내 사람으로 만들었다는 사실에 현기증마저 느낀다. 같이 있으면 내쉬는 숨도 한결 가볍고 가슴은 벅차오른다. 모든 것을 덮고도 남는 아름다움이 있으며, 사랑의 곡선에서 정점에 도달했을 때 일어나는 모든 증상이 나타난다.

그것은 함정이며 유혹이고, 환상이다. 만약 사랑 초기에 나타나는 황홀한 열기와 성취했을 때 느끼는 비교할 수 없는 기쁨이 없다면, 남자와 여자가 만나서 오로지 한 가지 행위를 달성하려는 목적을 가질 수 있을까? 그것을 성취하는 길이 객관적으로 봐서 멀고도 험난하다면, 그것을 성취하려는 시도는 매우 이상하게 보일 것이다.

대부분의 경우, 남자와 여자가 함께 소기의 목적을 달성하거나 상대방으로부터 아무것도 얻어낼 수 없다는 것이 명백해지는 순간부터 앞에 말한 그런 환상은 깨지고 말 것이다.

시나브로 재회의 기쁨도, 작은 만남의 광채도, 그 한 쌍을 현실에서 들어올려 천상의 무지개로 감싸는 매혹의 지평도 사라지고 말 것이다. 시간이 흐르면서 서로 발견하게 되는데, 그것은 상상했던 바가 아닌 실상이다. 그렇다고 해서 자신에게 문제가 있다는 생각은 하지 않는다. 오히려 환상이 깨지게 된 것을 상대방의 탓으로 돌리고 부당하게 앙심을 품으며 모든 경우에 자신이 잘했다는 생각을 한다. 그리고 나쁜 상황에 대한 모든 책임을 상대방에게 떠넘긴다.

두 이기주의가 얼마나 치열하게 대립하느냐에 따라 불타는 사랑에 뒤이어 증오, 혐오, 너그러움, 체념, 애정, 열정 같은 감정이 생기기도 하고, 서로 더 잘 이해하게 되면서 자신을 망각하는, 처음 매력을 느낄 때 생긴 것과는 다른 좀더 차분한 사랑의 감정이 생기기도 한다.

최악의 경우일지라도 고통과 증오만이 아니라 다양한 큰 기쁨들을 서로 남기기도 한다. 제아무리 사랑이 환상에 불과할지라도 피어나고 지는 사랑에는 순수하고 깊고 놀라우며 진실한 희열이 스며 있다. 암수가 한 둥지에서 서로 부둥키는 절정의 순간에는, 종이 부여한 믿기 어려운 희열이 존재한다. 그것과 비견할 것은 없다. 그것은 따뜻하고 부드러우며, 우주가 동요할 것 같은 육체의 은밀한 심연 속에 자신을 내맡길 때 느끼는 희열이며, 부드럽게 열린 자궁 속으로 부드럽고 미끈한 구릿빛 지주(支柱)를 받아들이는 기쁨이다. 그것은 황금의 강물 속에 같이 빠져죽는 희열이다. 하나가 된 둘은 그 순간만큼은 신의 모습이다.

이것은 배신이다! 뿌려야 하는 것은 한 톨의 씨앗일 뿐이다.

그러나 만약 신이 그것을 바랐다면……?

신이라고?

이름과 말에 현혹되어서는 안 된다.

신. 종. 이치. 우주. 그런데 신이라고?

누군가, 무엇인가 생명을 설계했을 것이다.

기적과도 같은 놀라운 일들이 우연과 화학법칙에 의해 이루어진다는 사실이 믿어지지 않는다.

신이라고?

신이라는 이름은 남발되었다.

사람들이 그 이름을 남용하였다.

오늘날 사람들이 그 이름을 부르거나 쓸 때, 한 무더기의 영상이 떠올라 머릿속을 채운다. 신의 자리는 모두 다른 것이 대신하고 있다. 교회를 떠올리지 않고 신을 생각하기란 어렵다. 신을 생각하는 자의 머릿속을 들여다보면, 신은 교회가 요청한 한도 내에서만 신으로 존재한다. 결국 신을 생각한다는 것은 불가능한 일이다. 교회는 인간과 신 사이에 장벽으로 존재한다.

우리를 불안하게 하는 신비로운 현상들을 이해하기 위해 필요한 신의 모습은, 사람들이 빠져나간 교회가 무심한 신자들에게 제시하는 동화 같은 허황된 이야기에서는 찾아볼 수 없다. 신, 창조자, 주님, 이 모든 이름은 샤틀레의 극장 스크린 위에서 위대한 바빌론 사제 역을 맡는다. 그는 대형 컬러 화면에 수염이 텁수룩한 모습으로 등장한다. 슬프고도 분노할 만한 일이다. 사람들이 우리에게 건네준 그 이름, 신은 아무런 의미도 없다. 모든 것을 설명할 수 있는 그의 진정한 이름은 너무도 오랫동안 그리고 너무도 완고히 숨겨져왔기에 그 이름을 숨겨온 자 역시 진짜 이름을 잊었다.

신.

그 외에 다른 이름은 없다.

그리고 이제 그 이름은 아무것도 의미하지 않는다.

10억 년 전 어느 날,—더 오래 전일 수도 있고, 아닐 수도 있다. 그리 중요한 것은 아니다—불모의 땅 위에 꼼짝하지 않고 있던 미세한 물질이 살아 움직이기 시작했다. 그것은 처음에는 아무것도 아니었다. 형체도 없고, 냄새도 없고, 사고(思考)도 없고, 욕망도 없고, 보이지도 않았다. 그야말로 아무것도 아니었다. 간단히 말하면, 죽음밖에 없던 땅 위에서 먼지에 불과한 물질이 살아 움직인 것이다. 이것이 모여 하나의 세포가 되기 위해서는 수십억 년의 세월이 필요했을 것이다. 독자적인 단세포일지라도 조직은 매우 정교하고 복잡하기 때문이다. 그것에겐 다리가 없다. 필요하면 뭔가를 내밀어 이동하는 데 사용하며, 다 쓰고 난 뒤에는 다시 거둬들인다. 그것엔 무언가를 잡을 수 있는 손이 없다. 먹이가 가까이 오면 자신을 통째로 내밀어 잡는다. 먹이를 삼킬 수 있는 입도 없다. 잡은 먹이가 몸에 닿으면 몸이 열리면서 그것을 삼킨다. 이따금 먹이가 너무 커서 그 자신이 조각나버릴 때도 있다. 하지만 각각의 조각은 하나씩 서로 연결되고 다시 접합되어 온전한 자신으로 돌아온다. 소화관도 없다. 몸 전체가 먹이를 소화시킨다. 항문도 없기 때문에 몸이 열리면서 배설물을 내보내고 다시 닫힌다.

그 몸에는 어떤 기관도 없다. 필요에 따라 이 기관도 됐다가 저 기관도 되는 것이다.

잘 조직된 이 존재는 불멸에 가깝다. 이 존재는 증식하기 위해서 둘로 나뉜다. 각 부분은 온전한 개체가 되며, 때가 되면 다시 둘로 나뉜다. 이런 식으로 각 부분이 온전한 개체가 되고, 그렇게 생겨난 존재가 외부의 요인에 의해 곧바로 소멸하는 경우는 없다.

오늘날에도 존재하는 아메바들은 생명이 비롯된 초기 아메바와 다를 바 없다. 30억 년 전에 살았던 초기 아메바는 오늘날에도 살아 있다. 아메바는 오랜 세월을 거치면서 나눠지면 나눠질수록, 다시 말해 분열하면 할수록 더욱더 오래 살 수 있다.

사람들의 사고방식은, 적어도 서구인의 사고는 그 끈을 놓치는 법 없이 단순한 것에서 복잡한 것으로 나아가는 경향이 있다. 그런 까닭에 사람들은 한 번 시작된 생명이 초기 세포에서 무수한 단세포로, 다시 다세포 유기조직으로, 그리고 거기서 다시 상이한 세포들로 구성된 유기조직으로 나아가 결국 오늘날 지구상에 존재하는 모든 존재가 파생했다고 생각한다.

가장 논리적인 사고방식을 가진 사람들의 믿음이 그러했다. 사실 우리는 그렇게 생각하려는 경향이 있다. 참으로 그럴듯해 보인다. 하지만 그것이 우리가 이해할 수 있는 영역을 벗어나 비논리적인 것이 될 때 논리는 그것을 따라잡을 수 없다. 생명체가 생존을 위해 더 나은 유기조직이 되려고 단순한 것에서 복잡한 것으로 이행하는 과정을 설명하려고 할 때 우리의 논리는 길을 잃는다.

이런 가정에서라면, 세포로 구성된 사회와 인간으로 구성된 사회 사이에는 심각한 혼란이 가로놓이게 된다. 인간은 자신을 보호하기 위해 끼리끼리 모인다. 분명 인간의 집단은 한 인간에 비해 강하며 집단 내의 인간은 홀로 있는 인간보다 더 많은 보호를 받을 수 있다. 하지만 세포의 경우는 이와 다르다. 유기조직이 완전해질수록 세포는 연약한 존재가 된다. 생명체는 복잡해질수록 더욱 유한한 존재가 된다. 결국 완벽하기 때문에 생존할 수 있었던 게 아니고, 완벽했음에도 불구하고 생존할 수 있었다고 말해야 하는 것이다.

아메바보다는 코끼리를 죽이는 것이 더 쉽다. 머리에 총 한 방만 쏘면 된다. 그러나 아메바는 어떤 부위를 쏘든 간에 생명에는 아무런 지장이 없다.

어떤 벌레는 두 토막으로 자르면 머리 부분이 꼬리가 되고 꼬리 부분이 머리가 되면서 두 마리의 벌레로 나뉜다. 이런 생물은 많다.

한 존재를 멸종시키거나 그 존재가 가진 온갖 종류의 세포로부터 생명성을 박탈하려면, 백혈구 세포와 같은 단 한 범주의 세포를 퇴화시키는 것으로 충분하다. 생명체의 유기조직은 생명성을 보호하기 위해 부득이하게 만들어진 것이 아니다. 생명체는 이 지구상에 출현한 직후 이미 생명성을 보호하고 존속시키기 위한 최선의 해결책을 찾아놓았다. 단세포 동물인 아메바는 생존에 완벽하다. 그 결과 이 완벽한 유기체계는 모든 종류의 변형을 가능케 하는 기본단위로 남았고, 식물이든 동물이든 모든 생명체를 구성하는 세포가 되었다. 그런데 무슨 이유로 이 유기체계가 아메바에서 벌레로 그리고 어류, 조류, 인간으로 이행한 것일까?

그리고 그런 이행이 실제로 존재했을까?

생명체들의 복잡성의 정도는 각기 다르다. 아주 간단한 것에서부터 가장 복잡한 것에 이르기까지의 과정 전체를 꿰는 실마리를 포착하고, 인간이 최고임을 입증할 수 있도록 그 복잡성의 정도에 따라 생명체들을 계층별로 분류하는 일이 불가능한 것은 아니다. 그러나 증명할 수 있는 것이라곤 복잡성의 정도가 시간의 흐름에 비례한다는 것 정도이다. 즉, 복잡한 존재는 가장 단순한 존재 다음에 생겨났다는 식이다. 각 생명의 종이 새로운 종으로 탈바꿈하기 위해서는 이전의 종을 재료로 사용해야 하기 때문이다.

생명의 종들이 그렇게 파생했고 그 방식이 각각 다르다면, 전체적으로 비교해볼 때 생명의 종이 단순한 것에서부터 복잡한 것으로 옮아갔다는 사실을 부인할 수 없다.

그것이 진화든 아니든, 적어도 점진적인 변화 다시 말해 아메바에서 인간으로 지속적으로 발전한 것이다. 이런 발전은 우연에 의해 비롯된 것이 아니다. 우연과 점진적인 발전은 양립할 수 없기 때문이다. 점진적인 발전은 생명을 유지하기 위한 투쟁의 결과도 상호선택의 결과도 아니다. 자신의 안위를 향해 가고 있는 것이 아니기 때문이다. 결국 우리는 다음과 같은 믿을 수 없는 결론에 도달하였다. 점진적인 발전이 이미 옛날에 이루어졌다면, 다시 말해 모든 정황이 입증해주듯 가장 단순한 유기체가 제일 먼저 존재하고 그 다음에 물속을 헤엄치고 하늘을 날 수 있으며 뭔가를 만들 수 있는 점점 더 복잡한 존재로 나아갔다면, 오늘날의 파리 공과대 학생을 만들기 위한 작업이 이미 세포단계에서부터 시작되었다고 한다면, 앞으로 이와 같은 점진적인 발전은 기술을 연마하는 견습공처럼 신중하고 완벽해진 상태에서 진행될 것이며, 매번 다시 시작할 때마다 더 개선된 모습을 보여주게 될 것이다.

그런데 형편없는 괴물이나 만들다가 하늘을 나는 새를 만들어낼 정도의 천재 견습공은 과연 누구인가?

자연인가?

도대체 자연이란 무엇인가?

합리주의자들은 설명할 수 없는 것을 설명할 때 자연을 언급하는데, 이때의 자연이란 감히 우리가 이름을 부를 수 없는 신을 지칭하는 것과 같다. 우리는 그 신으로부터 인간적 의지와 주체의식을 거세한다. 어머니 자연은 자신 안에 신을 잉태하고 있는 줄도 모르고 신이라는 자식을 낳은 것이다. 어머니 자연은 완전해질 수 없다. 그녀는 우리가 가르쳐야 할 존재가 아니다. 자연은 배우는 법을 모르기 때문이다.

그렇다면…… 신은?

신 또한 누구로부터 배우는 존재가 아니다. 그는 완전해질 수 있는 가능성을 지닌 존재가 아니다. 이미 완전하기 때문이다.

만약 신이 위대한 장인이라면, 우리는 생명체의 모든 진화는 이미 첫 세포에 모두 내포되어 있다는 결론을 내릴 수 있다. 모든 정보, 세포의 정보, 종의 정보, 모든 종의 순서가 거기에 다 기록되어 있다. 10억 년 전 요동치기 시작한 첫 생명의 씨앗은 오늘날 이 지구상에 존재하는 모든 생명체의 씨앗이기도 하다. 거기엔 이미 모든 것이 들어 있다. 숲, 동물, 이끼, 플랑크톤과 고래가 있는 바다, 30억 인구, 그리고 아인슈타인의 두뇌 등.

그 외에도 많을 것이다. 이번엔 지구 자체가 씨앗이 되기 때문이다. 지구라는 생명은 바야흐로 생명을 잉태하는 부식토를 뚫고 줄기를 뻗으려 한다. 미세한 분자에서 태어난 지구라는 생명체는 무한한 시간 속에서 무한한 공간을 정복하기 위한 운명을 타고난 것 같다. 특히 우리는, 일상에서 직접 체험하고 눈으로 보았듯이 먼지 알갱이에서도 퍼지는 생명이 장차 행성을 지배하고 나아가 온 우주를 지배하게 될 때, 잠재된 물질성을 구체화시키기 위해 하나의 현상을 범우주적으로 확장시키다가 그것을 어느 특정한 곳에 위치한 유일한 것으로 만들어나갈 때, 이러한 팽창이 우리를 흥분으로 몰고 갈지 공포의 도가니로 몰고 갈지 눈여겨보아야 할 것이다.

우리가 사는 삶, 우리가 경험하는 생명이라는 것은 고통이고 살생인 것이다.

캐비아를 좋아하는 것은 인간만이 아니다. 봄이 되어 산란기를 맞은 물고기의 배가 불룩해지면, 알이 나오자마자 바로 삼키려고 노리는 한 떼의 다른 물고기들이 그 뒤를 쫓는다. 우리 인간이 암탉에게 하는 짓과 똑같다. 하지만 그것은 너무도 당연한 것이고, 그것 때문에 걱정할 사람은 거의 없을 것이다. 우리는 닭도 아니고 물고기도 아니며, 알을 낳는 존재도 아니기 때문이다.

그런데 누군가 우리의 자식들을 잡아먹으려고 한다면 어떻겠는가?

다른 이의 자식을 그 부모와 함께 잡아먹는 것은 보편법칙에 따르는 것이고 생명의 먹이사슬에서 당연한 것이다. 제아무리 생명체에 유익한 경이로운 조합물이라 하더라도, 생명체를 만드는 데 놀라운 능력이 개입한다 하더라도, 그리고 생명체가 존속하고 번식하기 위한 모든 조처를 취한다 할지라도 살생 없이는 아무런 소용이 없다.

죽일 수 없다면, 어떤 생명체도 존속할 수 없다. 가장 심성 고운 사람이 어린 양을 도살하는 대리인으로 나서며, 종달새는 죽은 벌레를 먹고, 귀여운 물개는 청어를 마구 삼켜대고, 청어 역시……

초식동물인 영양이라고 해서 무구하지는 않다. 영양이 먹어치우는 풀과 새싹 역시 모두 살아 있는 생명이기 때문이다. 살생은 생명의 첫째 조건이다. 모두 부지런히 생명을 만들어내고 파괴한다. 모든 생명은 새로운 먹이를 만들어내기 위해 다른 것을 취하고 교미한다. 착취당하다가 도살되는 암소는 자신의 자궁을 수소에게 내민다. 이제 그가 낳은 새끼가 도살당할 운명에 처하게 된다. 암탉은 매일 알을 낳기 위해 좁은 닭장 안에서 움직이지도 못하고 꺼지지 않는 불빛 아래서 잠도 자지 못한다. 그것이 규칙이다. 조건이 어떤 종에게 가혹할수록 그 종의 생명력은 강해진다. 그 종이 사라져서는 안 되기 때문이다. 모든 생명체는 다른 생명체가 잡아먹을 수 있도록 끊임없이 생명체를 만들어낸다.

이런 사실에 당신은 쓴웃음을 지을 것이다. 우리는 적어도 인간은 그런 역학관계에서 벗어나 있다고 믿고 싶어한다. 즉, 인간 자신은 모든 것을 취할 수 있지만, 다른 것이 인간을 취할 수는 없다고 생각한다. 당신은 정말 당신과 연결된 생명이 사라지는 것을 경험한 적이 없는가? 이미 눈가에 죽음이 어려 있는 아내, 어머니, 아이가 병으로 쓰러질 때 당신은 의학을 탓할 것이다. 하지만 사실은 생명의 다른 형태인 병이 인간을 삼킨 것이다.

매일 수백 마리의 미생물이 당신의 유기조직을 공격하기 위해 출격한다. 당신은 점액으로 미생물을 녹이고, 항체로 공격하며, 백혈구로 미생물을 잡아먹는다. 필요한 경우에는 항생물질을 동원할 수도 있고, 여러 다양한 화학무기, 심지어 칼까지 사용할 수 있다. 하지만 당신도 잘 알다시피 언젠가는 그들이 결정권을 가지게 되고, 그때는 그들이 당신을 먹어치우게 될 것이다. 그렇게 당신은 썩어갈 것이다.

왜, 무엇 때문에 생명과 생명 사이에는 끊임없이 무자비한 싸움이 일어나야만 하는 것일까? 고요한 대양 속에서도 잔혹하고 끔찍한 일들은 벌어진다. 물고기는 원인 불명의 채워지지 않는 식욕을 타고난 것 같다. 물고기는 자신보다 더 큰 물고기에게 잡혀먹힐 때까지 자신보다 작은 물고기를 잡아먹으면서 채워지지 않는 식욕을 달래는 듯하다. 몇 시간 안에 자신의 몸무게 분량의 먹이를 집어삼키는 물고기도 있다. 여기서 잠시 잡혀먹힌 물고기의 운명을 생각해보자! 상상력을 조금만 발휘하면 된다. 당신이 물고기가 되었다고 느껴보라…… 당신은 위산이 흘러나오는 차가운 복부 속에 갇혀 있다. 그 가혹한 물질은 당신의 눈, 입, 항문, 성기, 호흡기의 점막을 녹이려 한다. 그러나 당신은 그리 쉽게 죽지 않는다. 그렇게 순순히 죽게 내버려두지 않는다. 당신은 거죽째, 산 채로 소화된다. 비명을 지를 수도 없다. 말도 할 수 없다. 사실, 할말도 없다……

우리는 아무것도 모른 채 푸른 바다에서 첨벙거리며 즐거워하지만, 바다가 감추고 있는 고통의 비명 소리가 울린다면, 그 비명과 원망이 너무 깊고 가혹해서 조물주도 어쩔 수 없는 상태에서 대양의 마지막 물 한 방울까지 증발해버리고 말 것이다.

점심때 개암 향이 나게 잘 구운 맛있는 양갈비를 먹었다고 하자. 당연히 당신은 갈비살을 도려낸 암양에 대해서는 생각하지 않을 것이다. 칼로 양의 목을 따고 껍질과 살을 발라냈다는 사실을 생각하지 않을 것이다. 당신은 새끼양에 대해 생각하지 않는다. 사람들은 양고기를 먹으면서 새끼양을 생각하지 않는다. 나 역시 그렇다. 하지만 나는 양갈비를 좋아하고, 앞으로도 먹을 것이다.

그런데 다른 세계의 존재가 우리가 사는 지구에 왔다고 가정해보자. 오늘날의 사람들은 이런 가정이 가능하다는 것을 안다. 생명이라는 현상은 지구적이면서도 범우주적이다. 범우주적이라 할 경우, 인간이 양보다 고등한 존재이듯 인간보다 고등한 존재가 있을 수 있다.

이런 상상을 해보자. 그 존재들이 지구에 와서 우리를 지배하고, 우리를 잡아먹는다. 그러고서는 맛이 괜찮네! 이러면 어떻게 될까?

자신의 종에 대한 문제에만 집착하고 있는 인간은 인간보다 더 뛰어난 지능의 존재가 지구에 왔을 때, 그들이 반드시 선한 의도만을 가졌으리란 보장이 없다는 것을 알아야 한다. 물론 이것은 논란의 여지가 많은 가정이다.

양은 풀보다 더 지능이 발달했고, 인간은 양보다 더 지능이 발달했다. 결과는? 더 뛰어난 지능을 보유한 존재는 그보다 못한 존재의 운명에 별다른 감정을 느낄 수 없다. 예민한 여자는 도살당한 새끼양의 모습에 충격을 받지만—그것이 넓적다리 고기일 수도 있다—아무리 온순한 사람일지라도 달걀을 기름에 달군 프라이팬에 깨 넣거나 밀을 절구에 가는 것에는 마음의 동요를 일으키지 않는다. 이러한 생명은 너무도 하찮아 보이기 때문에 그것이 파괴되는 모습이 마음의 동요를 불러일으키지 않는 것이다.

외계인과 우리의 차이가 우리와 밀가루 혹은 우리와 암소의 차이만큼이라면, 그리고 그들이 우리를 먹었을 때 소화에 아무런 문제가 없다면, 그들은 우리를 먹는 데 주저하지 않을 것이다.

우리는 비명을 지를 수도 있고, 발버둥칠 수도 있고, 애걸복걸할 수도 있다. 하지만 우리가 개미들의 아우성을 들을 수 없듯이 그들은 우리의 아우성을 들을 수 없을 것이다.

우리의 지능이 탁월하다 하더라도 종달새의 울음을 알아들을 수 있는가? 우리의 지능은 사냥을 거부하도록 하는가?

자, 이런 상상을 해보자. 외계인이 지구로 와서 우리를 붙잡아 흔히 말하듯 사육해서 살찌우고 나서 잡아먹는다고. 교외에 사는 사람들의 갈빗살은 어떨 것 같은가? 당신의 아들 혹은 당신 자신의 몸 반 토막이 푸줏간 갈고리에 걸려 있고, 나머지 반 토막은 냉장고에 있다.

이는 샤토브리앙 스테이크나 암소 다리 고기보다 더 무시무시하고 엽기적이며 먹어서는 안 될 것처럼 보인다.

그런데 왜 암소 다리 고기는 먹을까? 왜 식물은 공기와 흙을 먹고, 초식동물은 풀을 먹고, 육식동물은 초식동물을 먹고, 인간은 자신을 포함하여 그 모든 것을 먹을 수 있게 되었는가?

왜 죽이는 것일까?

살기 위해서다.

그렇다면 왜 살아야 할까? 죽이기 위해서?

다른 설명이 없다면, 그리고 이 부조리한 사슬을 풀어낼 열쇠가 존재하지 않는다면, 정점에 인간이 있는 상상할 수 없을 정도로 거대하며 무시무시한 먹이 피라미드가 있어야 할 아무런 근거도 없다면 우리는 인간이 만들어낸 지고의 산물에 대해서도 새삼 놀랄 필요가 없다. 가령 강대국이라고 하는 나라들이 비축해놓은 수소폭탄, 생화학 무기, 방사선 등과 같은 것을 보고 놀랄 이유가 없다.

모든 생명을 몰살시킬 무기가 도래할 것은 자명하다. 그 일은 지구상의 생명이 그 정점에 달했을 때, 즉 인간의 지능이 정점에 달했을 때 일어날 것이다. 그것은 이 신비하고 부조리한 계통수에 열리는 열매이다. 그리고 그 수액은 피로 채워질 것이다.

그것은 씨앗에서부터 비롯된다. 우연히 혹은 일부러 촉촉한 땅에 뿌린 씨앗이 뿌리를 내리자마자, 씨앗에 내재한 정보는 공세를 펼친다. 씨앗은 서서히 열리다가 발아하며 마침내 부식층을 뚫고 뿌리를 내리면서 영양분을 빨아들이기 시작한다. 그리고 하늘을 향하여 줄기를 뻗으며 이파리를 펼쳐 공기와 빛을 받아들인다. 시작은 이러하였다. 새끼 손가락 관절 굵기의 씨앗은 흙의 영양분과 수분을 빨아들이고 공기와 빛을 받아들여 높이 30미터의 살아 있는 전나무를 만들어낸다. 어떤 씨앗은 흙과 물, 공기와 빛을 가지고 우리가 먹는 빵을 만들어내기도 한다. 그리고 이 빵은 생명을 가진 우리로 바뀐다. 파릇파릇한 풀밭 아래에서는 여러 갈래로 얽힌 뿌리가 흙 속의 영양분을 빨아들인다. 소와 양은 풀을 먹고 우리는 그들의 갈빗살과 안심을 먹는다.

갈빗살과 빵은 생명을 가진 우리 자신으로 바뀐다. 흙, 물, 암염, 질소, 탄소, 그외 여러 물질로 빵이 만들어지고 풀도 만들어지고 고기도 만들어진다. 그리하여 마침내 우리가 되고, 우리는 살아 움직이게 된다.

쟁기로 밭을 갈더라도 밭은 아무것도 느끼지 않는다. 하지만 차가 당신 몸 위를 지난다면, 땅은 당신의 입을 통해 비명을 지를 것이다……

탄소, 산소, 질소는 치통과 슬픔에 고통스러워하고, 당신의 아내와 재미를 보고, 영화관에도 같이 갈 것이다. 결국 당신이 된 도살당해 토막난 양고기 덩어리가 양고기를 먹는 꼴이 된다. 잔뿌리를 통해 양분을 빨아들인 부식토가 이 책을 읽고 있으며 생각을 하고 있다. 당신이 된 살아 있는 흙은, 왜 살아 움직이는지를 생각하고 자문한다. 사는 것이 단순히 즐기고 고통을 주고받는 것이라면, 그저 죽이고 죽는 것이라면 돌멩이로 남지 않은 것이 아쉬울 뿐이다.

돌멩이와 사람 사이에, 감각이 없는 것과 고통을 느끼는 것 사이에, 아무 생각이 없는 존재와 모든 것을 알지 못해 안달복달하는 존재 사이에, 그리고 장미꽃을 피우는 존재와 장미꽃 내음을 맡는 존재 사이에는 오직 하나의 차이만 존재한다. 그것은 바로 생명이 있고 없음이다.

생명을 잃은 인간과 돌멩이를 구성하고 있는 물질은 모두 원자와 분자로 이루어져 있다. 원자와 분자는 박테리아나 유충의 식욕, 화학적 친화력에 따라 떠돌아다닌다.

생명을 가진 물질은 하나의 분자로부터 이 땅 위에 존재하기 시작했을 것이다. 화학자들은 그것의 무게와 형태를 알고 있으며, 이름을 부여하기까지 했다. 이러한 사실 때문에 어떤 화학자들은 이제 곧 생명의 비밀을 풀 수 있을 것이라고 기대했다. 톡톡 튀는 그들의 정신은 비쩍 마른 강아지 코에 앉아 있는 벼룩처럼 결론을 향해 튀어오른다. 어느 날 갑자기 한 생물학자가 시험관에서 스스로 기관을 만들고 성장하며 생식하는 생명체를 만들어 내었다고 의기양양하게 발표할 날이 올 수도 있다. 그런데 그렇게 할 수 있다 하더라도 생명의 비밀을 파헤쳤다고 할 수 있을까? 생명이 나타날 수 있는 조건을 조성하고 치밀한 준비를 한다고 해서, 제아무리 작은 부분일지라도 생명 그 자체를 파악할 수 있을까?

프랭클린이 피뢰침을, 에디슨이 탄소 대나무 필라멘트 전구를 발명한 이후, 우리는 전기 분야의 전문가가 되었다. 이 땅을 조명으로 밝게 비추고, 적외선을 쏘아 달의 분화구를 비출 수 있게 되었으며, 그 외에도 전기를 이용하여 수많은 물건과 탈 것을 만들어냈다. 하지만 전기의 원리를 감히 이해했다고 말할 수 있는 사람이 있는가? 우리는 전기를 보지 못하지만 모을 수 있고, 손으로 잡을 수 없지만 마음대로 이용할 수 있으며, 전기가 흐른다고 확신하지 못하면서도 수백만 킬로미터의 선을 통해 전기를 보낼 수 있다. 원인을 알지 못하는 것의 결과로부터 혜택을 입고 있는 것이다. 전기는 엄청난 에너지를 발생시키지만, 그 자체로는 에너지가 아니다. 모든 물질을 한데 모으는 기초가 되긴 해도, 그 자체는 물질이 아니다. 우리는 그 속성에 대해 아는 바가 하나도 없다. 법칙과 작용이라는 두터운 겉옷을 입혀놓긴 했지만, 정작 옷 속에 감춰진 것은 감각과 지성을 모두 동원해도 알아내지 못하고 있는 실정이다. 그것이 인간의 이해력에서 완전히 벗어나 있기 때문이다. 틀 밖에 있는 것이다.

생명은 이보다 더 은밀한 현상이다. 생명은 전류처럼 수동적이지 않다. 오히려 능동적이며 조직적이다. 생명은 세포로부터 종까지 누구도 거역할 수 없는 정보를 보내서, 자신이 끌어모은 찌꺼기 같은 것들을 점점 더 위대한 의식으로 고양해 마침내 노벨상 수상자로 만든다.

생명은 우리에게 전해지고 우리는 그 생명을 다시 전한다. 우릴 죽게 내버려두는 이 생명이라는 것은 지구의 탄생 이후 불멸의 상태로 존속해왔으며 모든 생명체의 죽음을 주재할 것이다. 생명은 놀랍고 잔혹하고 고갈될 줄 모른다. 우리는 그것을 말로 표현할 수도 이해할 수도 없다.

우리는 생명이 무엇인지 알 도리가 없다. 마치 포도주병이 자신 안에 채워졌다가 빠져나가버리는 포도주를 영원히 알 수 없는 것과 마찬가지다. 하지만 병은 그대로 남기라도 한다. 적어도 손으로 쥘 수 있는 그 무언가로 남는다. 우리 손에 쥐여진 병은 아름답고 견고하고 묵직하며 눈으로 볼 수 있다. 만질 수 있는 것이다.

그런데……

우리와 세계를 만들고, 당신과 당신의 수프 접시를 만들고, 수프와 치즈를 만들고, 당신의 아내와 귀여운 아이들, 그리고 당신 자신도 만들고, 내가 글을 쓰는 책상도 만들고, 내 만년필, 내 손, 내 셔츠, 내 심장 같은 모든 것을 만드는 물질은 우리의 손가락 사이로 빠져나가며 연기처럼 사라진다. 아니 끝내 연기도 아닌 무(無)로 사라진다.

살아 움직이는 몸, 그렇지 않은 몸, 돌멩이, 지렁이, 아지랑이, 이 모든 것은 분자로 이루어져 있고, 분자는 원자로 이루어져 있다. 그리고 원자는 핵과 그 주변을 도는 전자로 이루어져 있다.

핵도 작지만 그 주변을 도는 전자 역시 아주 미세하기 때문에 사람들은 원자가 진공(眞空)으로 구성되어 있다고 생각한다. 진공은 투명하고 가볍고 손에 잡히지 않는 물질로 채워져 있지 않다. 진공은 없음이다. 절대 영(零). 아무것도 없다.

만약 지구상에 존재하는 모든 생명체를 한데 모아 그들의 원자에서 진공을 제거한다면, 인간을 구성하고 있는 입자들의 총 무게는 보잘것없어질 것이다.

극소량의 입자에 진공만 있으면 30억 인구를 만들어낼 수 있다. 마치 미장이가 벽돌을 자유자재로 다루듯이 말이다. 그런데 이때의 벽돌, 즉 물질의 기본 재료가 되는 입자들은 정말 견고한 것인가? 그것들은 어떤 물질인가? 내 손, 내 심장, 책상의 나무, 내 아들의 어깨, 모든 것이 거기에 의존하고 있는가?

속단할 수 없다. 입자를 연구하는 사람들은 그것이 운동하는 에너지의 일부인지 확신하지 못하고 있다. 그리고 입자들이, 그 사이에는 진공만 있을 뿐인 아주 작은 요소로 나누어질 수 있는지에 대해서도 잘 모르고 있다. 그런데 그처럼 무한히 작은 입자들이 다시 어마어마한 진공과 역시 대단히 작은 입자들로 이루어지지 않았다고 확신할 도리가 없다. 그러니까 입자들이 아주 작아서 거의 진공밖에 없을 것 같을 때도 그보다 더 작은 입자들은 얼마든지 있을 수 있는 것이다.

이 모든 것에 현기증이 나고 경악을 금할 수 없다. 그러나 확실히 해두어야 할 것은 입자들의 움직임이 아주 빠르고 독특하기 때문에 그들의 위치를 언제나 추정만 할 수 있을 뿐이라는 것이다. 여기 혹은 저기라고 분명히 말할 수 없고, 그저 어딘가라고 말할 수 있을 뿐이다.

당신의 아내, 당신의 심장, 내가 먹는 수프, 내 손, 그리고 당신 자신. 모든 것은 특정한 곳에 존재한 적이 없는 무의 소용돌이로 이루어져 있는 것인가? 전도서의 저자가 말했듯, 헛되고 헛되니 모든 것이 헛되도다. 그는 이 말을 처음 했을 때 수메르어로 했을 수도 있다. 바벨탑 이전에 이미 이렇게 말했을 수도 있다. 그러고 나서 아람어*, 히브리어, 그리스어, 라틴어로 말해졌을 수도 있다.

바니타스(Vanitas).

이 말의 어원인 바누스(vanus)는 '비었다' 라는 의미를 갖고 있다.

이제 과학이 그것을 밝혀냈다.

---

* BC 1000년 무렵부터 시리아·메소포타미아에 많은 소왕국을 세운 아람인의 언어. 셈어족 북서셈어파에 속한다.

무의 소용돌이로 이루어진 아주 미세한 것을 가리켜 인류라 한다.

그것을 30억 개로 쪼개보아라. 그리고 자신의 몫을 가져가라. 그곳을 헤엄치는 자가 있다. 인간이다. 그것이 나다.

이 책을 쓰는 나다.

그리고 이 책을 읽는 나다.

나는 그 미세한 것을 30억으로 나눈 것 중 하나다.

그것을 나눈 단단한 칼은 비어 있음이고 소용돌이이고, 무다. 영(零) 칼이라고 할 수 있다. 내 손도 영이고, 내 심장도 영이다. 그러나 이 영 손이 비어 있는 칼을 쥐고 이 무의 심장을 찌른다면 어떻게 될까?

악!

삶과 죽음과 고통은 그 미세한 것 속에 자리하고 있지 않다.

나의 심장과 칼은 존재한다. 피를 흘리기 때문에 내 심장이 있고, 내 살을 찌르고 들어오기 때문에 칼이 존재하는 것이다. 세계는 거대한 무 속에서 소용돌이치는 힘의 건축물이다. 그러면서도 그것은 내 눈앞에 보이는 대로의 세계이다. 내가 느낄 수 있고, 볼 수 있고, 만질 수 있는 세계이다. 내가 거기서 무언가를 취할 수 있는 세계이며 나와 충돌하는 세계이다. 세계는 나의 감각이 포착하는 그대로의 것이다. 나의 감각이라는 것…… 그것은 너무 보잘것없다. 오감. 제1감각-제2감각-제3감각-제4감각-제5감각. 그게 다이다.

제6감각-제7감각-제8감각-제9감각-제10감각은 우리 몫이 아니다. 우리는 우리와 전혀 다른 감각체계를 가진 지성체가 파악하는 세계를 전혀 상상할 수 없다. 상상력이란 것은 이미 알고 있는 것을 기억해내서 조합하는 놀이에 불과하다. 볼 수 없고 만질 수 없는 것을 만들어낼 수는 없다. 인간은 인간에게 알려지지 않은 것을 만들 수 없다. 인간은 자신의 감각이 세워놓은 울타리 안에 갇혀 있다. 그 너머에 있는 것은 아무것도 알 수 없다. 그러나 그 안에서, 우리의 감각과 감각이 마련해준 바탕 위에서 활동하는 이성은 인간에게 세계라는 겉껍데기를 만들어준다. 그것은 비록 실상은 아니지만, 우리 눈에 비치는 한에서 현실이긴 하다.

나는 세상이 운동하고 있는 힘의 그물망 속을 이리저리 왔다 갔다하는 진공이라는 것을 안다. 그 안에는 아직 활성화되지 않은 물질이 우글거리고 있다. 한 줌의 흙과 아이의 뺨 사이에는 근본적으로 차이가 없다. 이 세계에서는 물질의 실체를 파악할 수 없다. 실체는 우리의 감각과 이성으로 붙잡을 수 있는 것이 아니기 때문이다. 그것은 상상할 수도 증명할 수도 없다. 내가 알 수 있는 것은 실체의 외양 중 하나일 뿐이다. 그 통로는 나의 제1, 제2, 제3, 제4, 제5 감각이다. 그러한 겉모습이 실상은 아니지만 그렇다고 거짓도 아니다. 불완전하고 정확하지 않을 수는 있지만, 그렇다고 거짓된 것은 아니다. 적어도 내겐 진실일 수 있으되 당신에게는 다를 수 있다. 한편 제6, 제7, 제8, 제9, 제10 감각의 소유자에게는 잘못된 것일 수도 있고 받아들일 수 없는 것일 수도 있다.

제1감각조차 없는 이에게는 또다른 것일 수 있다.

그러한 존재도 실재한다. 그러한 존재를 찾아내기 위해서는 시리우스 별, 아니 달까지도 날아갈 필요가 없다. 그저 집 뒤뜰을 세 걸음 걸어보는 것으로 족하다.

하루가 끝났다. 나무 잎사귀의 신선한 냉기가 느껴진다. 하지만 이 냉기를 조심해야 한다. 어깨에 가벼운 숄이라도 걸쳐야 할 것이다. 거닐어보라. 황혼빛. 작은 구름이 하루의 마지막 빛에 물든다. 붉다 못해 엷은 보라색을 띤다. 까치밥나무 뒤 짙은 그림자 사이로 하얀 점이 반짝인다. 고양이가 들쥐 구멍 입구를 지키고 있다. 잠시 발걸음을 멈추자. 상추잎이다. 신선한 냄새가 살짝 풍긴다. 허기와 함께 갈증이 인다. 파삭파삭하고 투명하며 샘물처럼 신선한 느낌이다. 식탁에 앉기 전 손으로 잎사귀를 만질 때의 느낌이 좋다. 상추잎은 담배와 부질없는 말로 더러워진 나의 혀와 이를 청결하게 해주고 입안을 말끔하게 해준다. 그 맛은 새롭다. 모든 것이 순수하다.

상추를 잘게 자른 뒤 소금과 식초로 양념을 해서 단단한 이로 부술 때, 당신은 상추가 어떤 고통을 겪는지 단 한 번도 생각해본 적이 없을 것이다. 살아 있는 그들의 소리를 한번 들어보도록 하자. 숨을 가다듬어보자. 잎사귀들이 기지개를 펴며 점점 더 짙어지는 신선함 속에서 몸을 길게 늘인다. 그렇다. 당신은 상추가 살아 움직이는 소리를 듣고, 그 생생한 냄새를 맡는다. 그것은 살아 있는 생명체이다. 땅바닥 한가운데에 앉아보자. 벚나무에서 어깨 위로 떨어지는 공기는 점점 더 차가워지는데, 이상하게도 손바닥 아래의 흙은 미지근하다. 움직여서는 안 된다. 숨결도 낮춰라. 천천히, 더 천천히. 모든 것이 평화롭고 고요하다. 자, 이제 자신이 상추라고 느껴보자.

물론 불가능할 것이다. 달팽이가 상추를 갉아먹고, 일대 편대의 모기가 공습하기 때문이다. 당신에겐 천적이 없다. 그것들은 당신을 잡아먹지 않는다. 당신은 일어서서 밤의 유령들을 쫓아내고 담뱃불을 붙이며 천천히 불을 밝힌 문으로 향한다. 다시 인간세계의 한 자리로 돌아왔다. 하지만 당신은 더이상 충만한 존재가 아니고, 고요하지도 않으며, 자신만의 안전한 이기주의 안에 침잠할 수도 없다. 바랐든 바라지 않았든, 당신은 당신 자신과 상추잎, 모기, 달팽이, 그리고 벚나무 잎 등 살아 움직이는 모든 것이 하나로 얽혀 있음을 느낀다. 이제 비로소 당신은 상추, 까치밥나무, 토마토 줄기가 당신처럼 살아 있는 존재라는 것을 안다. 당신처럼 그들도 바깥 세상과 교류하며 환경과 지속적인 관계를 맺고 있다.

분명 그들에게도 이러한 환경을 파악할 수 있는 수단이 있다.

그렇지 않으면 뿌려진 씨앗은 하늘을 향해 줄기를 뻗지 못할 것이다. 유칼립투스 잎사귀의 측면이 항상 태양을 향하지도, 해바라기가 태양을 정면으로 바라보지도 않을 것이다. 식물의 삶을 오랫동안 연구해온 학자들은 식물의 이러한 자리매김의 선택을 일컬어 양성 혹은 음성 굴지성이니 굴광성이니 하는 말로 표현했다. 그들은 부분적이나마 식물의 선택을 실현하는 물리·화학적 기제를 밝혀냈고, 그것이야말로 어떤 문젯거리도 되지 않는 자율운동이라고 선언했다.

오늘날 우리 인간도 팔을 들려고 할 때 이를 가능케 하는 일련의 현상을 파악했다. 즉 뇌에서 미세한 전류가 흘러나와 근육에 이르고, 근육섬유에 화학적 변화를 일으켜 마침내 근육의 수축을 일으킨다는 것이다.

그럼에도 중요한 것은 당신이 그 팔을 들어올리겠다는 마음을 먹었다는 사실이다.

의지가 생기고 확정되고 명령을 내리기까지의 과정을 실험으로 분석하려 들거나 뇌전도 실험으로 설명하려 든다는 것은 어려운 일이기 때문에, 학자들은 딱히 규정할 수 없는 이러한 현상에 욕구라는 이름을 붙이고선 만족해했다. 더이상 설명할 것이 남지 않았다고 생각하는 사람들도 나왔다. 이런 주장을 펴는 학자들은 일단 이름을 붙인 신비현상은 더이상 신비롭지 않다는 입장을 취한다. 점점 사라지고 있는 이런 부류의 학자들을 일컬어 나는 보수주의 사상가라는 말에 빗대어 보수주의 학자라고 부른다. 이런 부류에 속하는 식물학자에게 데이지꽃은 왜 태양을 좇아가다가 황혼이 질 무렵 갑자기 완전히 져버리는지 물어보라. 왜 저녁 다섯시가 되면, 잠깐 사이에 온통 새하얗던 봄날 들녘이 초록으로 물드는지 물어보라.

그는 놀라우리만치 자신만만한 태도로 대답할 것이다. 굴광성 때문이라고. 그러고는 충분한 설명을 다 했다고 믿을 것이다.

해바라기와 데이지는 태양을 느낀다. '느끼다' 라는 동사는 여러 의미를 가지고 있기에, 더이상 아무것도 의미하지 않는다. 그렇기 때문에 나는 여기서 '느끼다' 동사를 사용했다. 나뿐 아니라 우리는 모두 태양빛이 데이지꽃에 어떤 감각으로 다가가는지 알 도리가 없기 때문이다. 데이지꽃엔 눈도, 코도, 귀도, 혀도, 손가락도, 촉감을 느낄 수 있는 피부도 없다. 그러나 데이지꽃은 적어도 태양을 알아차리는 감각을 가지고 있다. 그 감각이란 어떤 것일까? 우리에겐 온기를 느낄 수 있는 피부가 있고 빛을 볼 수 있는 눈이 있는데, 데이지꽃에는 과연 무엇이 있단 말인가? 데이지꽃과 우리가 같은 언어를 사용한다 할지라도 데이지꽃은 자신이 태양을 어떻게 느끼는지 우리에게 설명할 도리가 없을 것이다. 자, 태어날 때부터 앞을 보지 못하는 사람에게 빛, 색깔, 지평선을 설명해보라.

물론 앞 못 보는 이는 당신이 하는 이야기를 들을 수는 있다. 그는 당신이 '빨갛다' '구름' '저 멀리' 라고 말할 때, 그것을 아는 것처럼 행동할 수도 있다.

하지만……

선천성 시각장애인이 수술을 받아 앞을 볼 수 있게 되었다고 해보자. 그는 자신이 직선이 무엇인지를 모르고 있었다는 것을 깨닫게 된다. 과거에 사람들이 '곧은' 이라고 말할 때 '곧다' 라는 말을 떠올리긴 했지만, 결국 머릿속에서 그린 것은 곡선이었던 것이다. 일직선으로 뻗은 집 안의 모서리와 벽면을 손으로 따라갔을 때도, 그는 그것이 휘어져 있다고 느꼈던 것이다. 눈을 뜬 직후에 그는 거리감 때문에 두려워할 것이다. 그저 손으로만 파악될 뿐인 암흑의 세계에서는 가까이 있다는 느낌만 존재했고 그래서 그가 이동하게 되면, 그저 다른 쪽에 가까이 가는 것일 뿐이었기 때문이다.

그에게 공간이란 추상적인 것이었다. 그는 공간의 존재를 느끼고 그 속에 살면서 공간을 오갈 수 있었지만, 공간의 이미지를 그려볼 수는 없었다. 시간의 이미지도 마찬가지다. 우리는 시간을 보지 못하면서도 시간을 보내고 있으며, 공간을 알지 못하면서도 공간을 이동하고 있다.

시간을 볼 수 있는 존재가 있을 수 있다. 나는 여기서 '본다' 고 표현했다. 시간을 파악한다고 할 때 더 나은 표현을 알지 못하기 때문이다. 그러나 한편으론 시각장애인이 '본다'의 의미를 이해하기 어렵듯이 시간을 본다는 것이 어떤 감각을 동원한 표현인지 알 도리가 없다.

어쩌면 데이지꽃에 태양을 감지할 수 있는 것 외에 다른 감각이 있을지도 모른다. 혹 수백 년 동안 꼼짝 않고 서 있는 참나무는 한시도 가만히 있지 못하는 인간에 비해 의심의 여지 없이 우주 한가운데를 지키고 있는 것이 아닐까. 인간의 하루는 참나무에겐 한 호흡이 들고 나는 시간일 것이다. 봄과 여름은 한나절일 것이고, 가을은 피곤해질 무렵이며, 겨울은 잠들 시간일 것이다. 참나무는 다른 시공간의 체계에 고정되어 다른 의식과 인식 구조를 갖고 살아갈 것이다.

참나무의 우주는 어떻든 참이다. 굽은 우주와, 시각장애인이 갖고 있는 원근 없는 세계도 참이다. 시간을 볼 수 있는 세계도 참이다.

세계는 공간의 차원에서도 무한하고, 진리의 유형에서도 무한하다. 지구 밖 어딘가에 생명체가 존재한다고 할 때, 그들이 우리와 같은 감각을 지니고 있을 가능성은 매우 희박하다. 세계를 파악하는 수많은 방법 중, 그들과 우리가 같은 방법을 사용할 가능성은 거의 없는 것이다.

그들의 감각이 우리와 다르다면 그들의 세계는 우리의 세계와 다를 수밖에 없다. 언젠가 그들을 만나더라도 우리는 그들을 파악하지 못할 것이다. 그들이 갖춘 지성의 형태도 파악할 수 없을 것이다. 그리고 그들에게 우리가 갖고 있는 이성이 어떤 것인지를 알려줄 방법도 없다. 케이프케네디*의 연구원들은 지능을 가진 외계인들을 만났을 때 사용할 수 있는, 절대적인 의미체계를 갖춘 기호를 연구하고 있다. 그들은 곧바로 수학을 생각했다. 그리하여 인식을 위한 열쇠로 피타고라스의 정리를 통해 외계인에게 접근하기로 했다. 직각삼각형의 세 변이 이루는 관계는 특정 언어체계와 문명을 전제할 필요가 없다. 그것은 반투족이나, 에스키모나, 케이프케네디의 연구원 모두에게 참이기 때문이다. 피타고라스의 정리는 보편적 진리이다. 그러나 기껏해야 인간 세상에서나 참이다. 다시 말하면, 제1, 2, 3, 4, 5의 감각을 갖고 있는 존재가 백만 년에 걸쳐서 축적한 것들로 이루어진 세계에서나 참이라는 말이다.

하지만, 제6, 7, 8, 9, 10의 감각을 갖고 있는 존재 혹은 그보다 우월한, 72가지의 감각을 소유하고 시간을 볼 수 있는 존재는 평

* 1972년 '케이프커내버럴' 로 명칭이 바뀌었다.

면이 무엇인지, 각이 무엇인지를 모를 수도 있다.

그렇다면 삼각형을 어떻게 알 것이며, 피타고라스의 정리는 어떻게 이해할 것인가?

책상의 직각 모서리를 따라 손을 움직여보자. 당신의 팔꿈치를 보라. 그것이 얼마나 복잡한 운동을 하고, 그 구불구불한 선이 어떻게 이동하는지 보자. 만약 당신이 손으로 따라가는 책상의 면이 직선인지 눈으로 볼 수 없다면, 스파게티 면발처럼 구불구불한 팔의 움직임을 통해 어떻게 그것이 직선임을 판단할 수 있겠는가? 팔은 구조적 특징상 한 끝은 고정시키고, 다른 끝을 움직이기 때문에 곡선운동을 할 수밖에 없다. 시각장애인은 두 팔로 주변세계를 탐색하고 구성한다. 그런데 그렇게 파악한 세계의 각 부분은 둥글고 마치 조개껍데기 조각을 잇대어 놓은 듯하다. 청각은 이를 바로잡지 못한다. 소리는 음원에서 구면파의 형태로 듣는 사람에게 전달되기 때문이다.

우리라고 해서 시각장애인보다 더 잘 본다고 말할 수 없다. 제아무리 저 멀리 떨어진 별까지 우리의 사유를 확장한다 한들 그 사유는 우리의 어깨 위를 벗어날 수 없다. 우리의 감각과 이성은 우주를 만들어낸 후에 우리를 그 안에 가두었다. 우리는 제1, 2, 3, 4, 5의 감각으로 알 수 있는 것들, 그리고 거기서부터 추론해낼 수 있는 것들과 함께 묶여 있다. 다른 아무것도 그 안에 들어갈 수 없으며, 우리는 거기서 나올 수 없다.

새로운 지식과 과감한 생각은 우리를 둘러싼 벽을 더욱 견고히 할 뿐이다. 때로 참을 수 없는 밀실공포증이 밀어닥칠 때, 우리는 벽에 머리를 찧기도 한다. 그러나 그러한 행위로 다시 본래의 감성과 이성을 되찾게 된다. 우리는 이미 알고 있는 것에 기대어 그 안에서 빠져나올 도리가 없다. 그것은 머리카락에 의지해 자신의 몸을 일으키려는 것과 같다.

우리가 그토록 간절히 바라는 것은 문이 아니다. 창문만으로도 충분히 만족스럽다. 우리는 갇힌 곳의 바깥을 보고 싶은 것이고, 돌아가는 모양새를 보고 싶은 것이다.

종교가 우리에게 창문을 열어 보여준 듯하다. 하지만 그 창문을 통해 바깥을 보기 위해서는 가구 위로 기어올라가야 한다. 그리고 거기에 도달했다 해도, 보이는 것은 우리와 닮은 수염 난 거인의 모습이 그려진, 뿌연 거울로 가려진 입구이다. 우리가 찾는 것은 그런 할아버지가 아니다. 우리는 우리의 현실과 머릿속에서 상상할 수 있는 모든 종류의 현실 뒤에 놓인 실상을 알고 싶은 것이다. 과연 이 우주와 모든 우주가 존재의 이유를 갖고 있는지 알고 싶다. 조약돌이 인간이 될 수 있는지도 알고 싶다. 또한 엄청난 에너지와 냉혹한 유기기관, 그리고 생명의 영원하고 눈부신 기적이 지향하는 종국이라는 것이 존재하는지 알고 싶다.

그리고 생명체가 겪는 끔찍한 고통을 정당화할 길이 있는지 알고 싶다.

우리는 은하에서 어떤 냄새가 나는지 모른다.

원자의 소리를 들을 수 없다.

우리의 감각은 수적으로 제한되어 있지만 가능의 지평에서도 한계를 갖는다.

우리는 우리보다 큰 존재를 알 수 없다. 우리는 먼지 위를 여행하는 하잘것없는 존재일 뿐이다. 차라리 없느니만 못한 존재이다. 우리가 가진 레이더, 망원경, 현미경 등을 다 동원한다 하더라도 새로운 감각을 갖게 되는 것은 아니다. 오히려 그렇게 얻어진 감각이란 알고 있는 것을 조금 더 확장한 것일 뿐이고 따지고 보면 보잘것없다. 그럼에도 우리는 본연의 감각에 뭔가 덧붙였다고 여긴다. 전파망원경 덕에 우리는 수십억 광년 떨어진 은하계를 감지하고 사진도 찍을 수 있다. 수십억 광년 떨어져 있다는 것은, 시속 10억 킬로미터로 날아가는 빛이 우리 천문학자가 설치해놓은 감광판에 닿기까지 수십억 년이 걸렸다는 의미이다.

놀라운 거리다. 적어도 우리에게는. 지구에서 통용되는 일반적인 척도로 봐도 그렇다. 그렇다면 그 자체로 보면 어떨까? 삼라만상을 척도로 하면 어떨까? 우리가 물질적인 차원에서 그 일부를 구성하고 있는 세계는 소용돌이 속의 소용돌이이다. 그것은 무한히 많은 단계를 반복하면서 소립자에서 원자로, 원자에서 태양계로, 다시 태양계에서 은하로, 그리고 은하에서 우주로 변한다.

결국 우주는 모래 알갱이 속에 있는 분자 중의 한 원자 속에 있는 소립자들의 소용돌이에 불과하다.

우리는 이처럼 현기증 나는 현상에 이끌려다닌다. 이 현상이 어디서 비롯하고 어디로 귀결되는지도 모르고, 우리 자신에 대해서조차 모르고 있다. 우리는 세상뿐 아니라, 살아 숨쉬는 우리의 살갗이 어떻게 만들어졌는지조차 모른다. 우리는 우리 육체의 진정한 주인, 즉 매 순간 우리 몸의 기관과 무수한 세포를 움직이도록 명령하는 실체에 대해 아는 바가 없다. 오류도 없고 잠도 자지 않는 이 지휘관은, 우주의 바깥에 있든 안에 있든, 우리의 감각으로 접근할 수 있는 우주의 일부가 아니다. 우리는 우리를 태우고 가는 운전사를 만질 수도, 들을 수도, 느낄 수도, 볼 수도, 알 수도 없다. 우리는 그저 무력한 승객일 뿐이다.

우리가 창조에 대해서 알고 있는 것은 우리 자신의 한계를 통해서다. 움직임의 차원은 무수히 많은 방향으로 펼쳐진다. 우리는 양팔을 뻗은 채 교차로에 서 있지만, 그 팔은 턱없이 짧다. 우리의 팔은 어깨에 달려 있을 뿐이고 그 손가락 끝에 우리 지식의 한계를 뜻하는 벽이 놓여 있다.

하지만 겨우 포착할 수 있는 아주 작은 부분도 우리에겐 너무도 어마어마한 존재이다. 우리에겐 시간이 없다. 우리는 시간의 차원에서도 제한을 받고 있다. 인생은 짧다. 찰나다.

하물며 우리가 한계짓고 있는 우주, 우리가 이해할 수 있는 우주를 파악하기 위해서도 인간의 시간으로 영생이 필요할 것이다.

행여나 인간에게 영원한 지성이 있어 이 탐험의 끝에 이른다 한들, 여전히 알 수 없는 것에 대한 쓰라린 회한만 남을 것이다.

지식을 얻는 다른 방법이 있을 수 있다. 그것은 앎을 거부하고 이해를 추구하는 것이다.

"가엾은 내 아들아," 어느 날 존경받는 늙은 사제가 나의 번민을 눈치채고 말했다. 그는 이미 오래 전부터 초심자의 마음속에 평화가 있음을 아는 사람이었다. "나의 가엾은 아들아, 그것은 신비에 싸인 것이니 굳이 이해하려 들지 말거라."

아니다. 그럴 수 없다. 그 이해에 도달하지 못한다 하더라도, 나는 마지막 숨을 거두는 순간까지 이해를 추구할 것이다. 내가 어디에 있는지, 누구이며 무엇을 하고 있는지, 그리고 이 모든 것이 어떤 의미가 있는지 이해하려고 할 것이다. 나 없이 만들어지고 내가 관여하지 않아도 혼자 잘 살아가는 육체와, 육체가 잠수

복 안에 가둬놓은 정신은 물질이라는 드넓은 바다에서 어떤 바닥을 향해, 어떤 심해의 보물을 향해 잠수하는 것일까? 나를 움직이는 육체는 때론 고통을, 때론 쾌락을 느끼며 무에서 창조되어 피를 흘린다. 육체는 나이의 심연 속으로 인생을 삼키고, 인생은 육체를 쓰러뜨려 부패시킨다. 정신은 온전히 깨어나기도 전에 스러진다. 나는 진실로 이해하고 싶다. 왜 육체와 정신은 한데 얽혔으며, 왜 그 둘은 서로 조화를 이루지 못하는지, 그들에게 주어진 역할이라는 것이 있는지, 상추와 은하 사이 그 어디쯤에 공간이 주어졌는지 알고 싶다.

종교의 역할은 인간의 자리와 역할이 무엇이며 창조가 무엇인지를 인간이 이해할 수 있도록 도와주는 것이다. 그러니 제발 부탁컨대 이해하려 들지 말라고 하지 말아달라.

종교의 역할은 인간과 그 나머지 것들 사이의 관계를 정확히 규명하는 것이다. 그러니 제발 인간과 세계 사이에 연기 자욱한 장벽이나 환상의 울타리를 치지 말아달라.

사제의 역할은 신자의 손을 잡고 의식을 거쳐 진리로 이끄는 것이다.

모든 신비를 알게 될 때 초심자에게 들려주는 열쇠는 신비를 이해할 수 있게 해주는 설명이다. 신비주의자들이 말하는 숭고한 빛은 바로 이해의 빛이다. 그들에게는 모든 것이 명확하다. 그러나 열쇠를 잃어버린 자는 열쇠를 줄 수 없고, 더이상 길이 있다는 것을 알지 못하는 자는 길을 보여줄 수가 없으며, 아무것도 알지 못하는 자는 아무것도 설명해줄 수 없다.

모든 것이 빠져나가버린 오래된 종교들은 과실을 맺을 수 없는 겨울나무에 열린 무화과를 닮았다. 의식 저 깊은 곳에서 최대한 좋은 말들을 다 끄집어내어 어린양들을 안주시키려는 언변 유창한 사제, 살이 피둥피둥한 주교, 마냥 다정한 목사와 유대교의 랍비, 삭발한 중은 지난 시간 동안 길을 잃고 신마저 잃었다. 그들이 갖고 있는 것이라곤 이름과 이미지밖에 없다. 그 이미지라는 것도 자신의 이미지를 본뜬 것이고, 이름에는 파리만 들끓고 있다. 신. 다른 어떤 이름을 붙일 수 있을까?

1880년대에 흉측한 털보들*은 자신들이 지식의 정점에 도달했다고 확신했다. 전기와 진화론의 시대가 왔고 그들은 우주의 실마리를 풀 열쇠를 쥔 듯했다. 그들의 이성은 그 무엇도 미지의 영역에 남겨두지 않았다. 그들은 모든 것을 확신했다. 그 점에서는 사제들도 마찬가지였다. 이는 결국 두 집단 사이에 분쟁을 촉발했다. 오늘날에도 털보들의 추종자들이 실험실에서 어슬렁거리고 있긴 하다. 하지만 그들이 갖고 있던 이성적 확신은 사라진 지 이미 오래다. 그리고 허무에 의해 안으로부터 갉아먹히고 있

---

* 텁수룩하게 수염을 기른 다윈, 맥스웰, 헤르츠를 가리킨다. 맥스웰은 영국의 물리학자로 전자기학에 공헌했으며, 헤르츠는 독일의 물리학자로 전기역학과 전자기 이론에 관심을 가졌다.

는 교회는 마치 닭장 한구석에 모이는 병든 닭들처럼 끼리끼리 모이고 있다. 교회 통합 운동이 생긴 것은 관용 때문이 아니라 불안감 때문이다. 종교가 르네상스를 맞은 것이 아니라 백혈병에 걸린 상태인 것이다.

이성에도 비이성에도 의지할 길 없는 오늘날의 사람들은 목발을 빼앗긴 불구자처럼 비틀거린다.

그들은 걷는 법을 배워야 한다.

그러지 않으면 넘어질 것이다.

혹은 스러져 사라지고 말 것이다.

아무리 애써도 이 세계가 혼란의 덩어리, 교반기로 달걀을 휘저어 생기는 달걀 반죽처럼 에너지의 우연한 작용으로 모인 물질 덩어리라는 사실을 믿기 어렵다. 무한히 큰 것에서부터 무한히 작은 것에 이르기까지 전체와 세부를 일일이 따지다보면, 오히려 모든 것이 질서에 따라 움직임을 알 수 있다. 질서에 합당할 뿐만 아니라 잘 조직되어 있다. 이러한 질서와 조직의 틀에서 어떤 특별한 문제가 발생하면, 합리주의자들은 '어떻게' 라는 것을 규명하는 데만 신경쓴다. 일련의 현상들이 어떻게 일어나는지 알게 되면, 우주 혹은 생물학적 메커니즘의 작용을 밝히게 되면 만족하는 것이다. 그러고는 세계는 이런 것이니 더이상 뭔가를 알려고 할 필요가 없다고 말한다.

이것은 기이하게도 이해하려고 들지 말라는 원로 사제의 말과 너무 닮았다.

그러나 나는 생명의 숨을 쉬기 시작한 이상 더 알고 싶다. 나의 모든 의지와 노력을 기울여도 사다리를 오를 수 없다 하더라도.

사로잡힌 늑대가 우리 안에서 쉴새없이 왔다갔다하는 것이 짚더미 위에 체념하여 누워 있는 것보다 훨씬 더 이성적인 행위라는 생각을 한 적이 있다. 극복할 수 없는 것을 극복하려고 끊임없이 시도하는 것. 누가 알겠는가? 마침내 언젠가 극복할 날이 올지.

생명체가 빚어내는 기적과도 같은 놀라운 일들을 제대로 이해하기 위해서는 고정관념에서 벗어나 그것들을 살피고 되새겨보아야 한다.

라자로가 무덤에서 살아나온 것은 기적이다. 하지만 만약 죽은 자들이 모두 그렇게 살아 돌아온다면, 우리는 더이상 놀라지 않을 것이며 부활을 자연현상으로 여기게 될 것이다. 그리고 거기에서 몇 가지 불변적 특성을 찾아내 법칙으로 세우려 할 것이다.

우리는 기적에 둘러싸여 있는데도 심드렁하다. 기적 덕분에 살아가고 생명체의 아주 사소한 부분에 이르기까지 기적으로 가득한데, 우리는 이미 일상의 기적에 심상해져서 더이상 놀라지 않는다.

가령 우리의 귀는 너무도 평범하다. 귀는 머리에 달린 두 개의 구멍으로, 우스꽝스럽게 길쭉한 모양을 하고 있다. 귀는 어머니의 자궁에서 나오는 순간부터 완벽하게 기능하며, 별다른 학습 없이도 외계에서 음파를 잡아내어 그것을 소리의 세계로 바꾸어 놓는다. 그 과정에서 우리가 해야 할 일은 하나도 없다. 우리는 듣기 위해 의식적으로 귀를 기울일 필요가 없다. 자신의 아름다움을 뽐내려는 듯 지저귀는 종달새 소리에 공기는 진동하고 그것은 우리의 뇌를 울린다. 그럼에도 우리는 놀라지 않는다. 너무도 당연한 일이기 때문이다.

당연하다. 그렇다. 자연스럽다.

이제 보니 자연스러움은 기적이다.

너무도 자연스러워 보이는 우리의 귀를 잠시 살펴보자. 우리는 학교에서 귀가 외이(外耳), 중이(中耳), 내이(內耳) 세 부분으로 나뉜다는 것을 배웠다. 음파를 잡아내는 외이는 귓바퀴에서부터 시작되어 고막에서 끝난다. 그런데 나이를 먹을수록 고막과 그 주변기관들은 점점 기능을 상실해간다. 따라서 귀 속에 있는 기관들이 제대로 작동하기 위해서는 큰 파장을 잡아내야만 한다. 그래서 어떤 사람들은 소리를 잘 듣기 위해 귓바퀴 주변에 손으로 원뿔 모양을 만든다. 혹시 그렇게 해본 적이 있는가? 서글픈 일이지만, 장차 그렇게 해야 할 날이 올 것이다. 어느 유능한 의사가 최근에 내게 이런 말을 했다. 몇 차례에 걸친 실험 관찰 끝에 나이가 들수록 귀가 점점 커진다는 사실을 알았다는 것이다.

그에게서 그런 말을 들은 뒤에 나는 나이든 사람들을 유심히 관찰하는 버릇이 생겼다. 여러분도 한번 확인해보기 바란다. 그의 말은 사실이었다. 특히 고령인 사람에게서 두드러졌다. 그중에는 상추잎 크기의 어마어마한 귓바퀴를 가진 사람도 있었다. 이제 귓바퀴에서 고막쪽으로 가보자. 우리는 심한 소음에 노출되어 살기 때문에 고막의 섬세함을 제대로 느낄 수 없다. 고막은 자신을 끊임없이 진동시키는 온갖 소음에 시달리고 있기 때문이다. 우리의 청신경은 우리를 보호하기 위해 마치 귀마개를 하듯 자극을 제한한다. 그런데 본래 고막은 너무도 민감해서(여기서 『과학과 미래』 1962년 7월호에 실린 P. 다니츠의 글을 인용하겠다) 특정 파장의 경우(베케시 박사에 따르면) 진폭이 10억분의 1 밀리미터, 수소 원자 직경의 10분의 1도 안 되는 진동에 반응한다. 이같은 절대 정적의 세계에서라면, 우리의 귀는 브라운 운동*을 하는 공기 내의 분자들이 서로 부딪치는 소리도 들을 수 있을 것이다.

---

* 유체 속에 있는 콜로이드 입자가 행하는 불규칙한 운동. 1827년 영국의 식물학자 R. 브라운이 화분(花粉)에서 나온 입자의 물속 운동을 현미경으로 관측하던 중 발견하였다.

대단하다. 그런데 안쪽은 더 놀랍다.

고막을 울리는 음파는 매질, 즉 우리가 내쉬는 공기를 거쳐 전달된다. 인간의 몸은 겉보기에는 딱딱한 고체 덩어리 같지만, 실제로는 액체로 이루어졌다. 80킬로그램인 남자 몸에는 대략 50리터의 수분이 들어 있다. 따라서 인간 몸의 유기조직에 흡수되기 위해 진동은 기체 매질을 지나 액체 매질을 통과해야 한다. 진동은 이 과정에서 일종의 브레이크에 걸린 상태가 된다. 이 문제를 해결해주는 것이 바로 중이(中耳)이다.

외이는 완전히 공기에 노출되어 있다. 내이는 물로 꽉 채워진 상자와 같다. 그 둘 사이에 놓인 중이는 세 개의 작은 뼈(추골, 침골, 등골)를 매개로 진동을 외이에서 내이로 전달한다. 추골은 고막과 딱 붙어 있어서 함께 진동한다.

추골은 침골로 움직임을 전달하고 다시 침골은 등골로 그 움직임을 전달한다.

등골은 그것이 지탱하고 있는 유연한 막을 진동시킨다. 내이의 뼈로 이루어진 상자에는 창문과 같은 것이 달려 있는데, 그 막은 바로 거기에 달린 창문을 닫는 역할을 한다.

이 세 뼈는 형태를 보나, 균형감을 보나 짜임새를 보나 배열을 보나, 그리고 각각의 비율을 보나 놀랍도록 정밀하다. 그 세 뼈를 거쳐서 고막에서 내이로 전달되는 진동은 22대 1의 비율로 증폭

된다.

덧붙이자면, 진동하는 두 개의 막으로 닫혀진 중이 내의 기압이 너무 높거나 낮아지는 것을 방지하기 위해 피부와 뼈 사이에 우회관이 하나 뚫려 있는데 그것이 바로 유스타키오관이다. 그 관은 입을 통해 바깥 공기와 연결되어 있다. 이런 작용 덕분에 귀 안과 밖의 압력이 늘 일정하게 유지된다.

대단하다. 그런데 그 안쪽은 더 놀랍다.

좀더 안쪽으로 들어가보자. 우리는 내이 안으로 들어왔다. 여기까지는 간단했다. 우리는 작은 뼈들을 각각 정교하게 만들어서 정확하게 작동하도록 근육과 인대로 연결시킨 놀라운 장인의 솜씨를 보고 경탄하지 않을 수 없었다. 그러면서도 이 세 뼈가 하는 일을 이해하는 데 별 어려움을 느끼지 않았다. 하지만 내이로 들어가면 이해하기가 쉽지 않다. 마치 시계 장인의 작업실에서 전자 실험실로 옮긴 듯하다. 막막하다. 여기서 벌어지는 일을 규명하려면 모든 과학 분야가 동원되어야 하기 때문이다.

그 모든 과정을 분석해내기에는 여러분이나 나나 지식이 너무 얕다. 앎이 깊은 사람도 그러할진대.

우리는 신비에 싸인 그 동굴 속을 문외한의 눈으로 쳐다본다. 아주 천진한 시선이다. 어떻게 그런지 설명을 들었다고 해서 왜 그런지 알았다고 주장하지 않는 시선.

적어도 우리가 아는 한에서 세반고리관은 내이에 있지만 청각 기능에는 관여하지 않는다. 그래서 우리는 세반고리관을 소홀히 여기곤 한다. 왜 세반고리관이 다른 곳이 아닌 바로 거기에 있는가 하는 데는 심오한 뜻이 있을 수도 있지만 그 뜻을 알 도리는 없다. 우리가 아는 것이라곤 그것이 균형의 중추라는 사실이다. 세 개의 반고리 모양으로 되어 있으며, 각각의 반고리관은 다른 두 개의 반고리관과 직각을 이루고 있어 결국 세 개의 반고리관이 삼차원의 한 축씩을 담당하고 있다.

부상이나 병으로 세반고리관이 손상된다면 직립인간은 더는 서 있을 수가 없다. 몸을 쭉 편 채 눈을 감고 누워도 균형감을 느낄 수 없다. 나아가 안정감이나 균형감, 편안함을 경험할 수 없다. 사방이 끔찍하게 무너져내리는 듯하다. 세계의 3차원이 모두 흔들거려 무엇에도 매달릴 수 없다.

말하지 못하고, 보지 못하고, 듣지 못하고, 팔이나 다리가 불편하고, 심장이나 폐가 좋지 않더라도 여전히 사람이라 할 수 있다. 식물인간이 되더라도 수동적이나마 돌멩이처럼 우주의 일부로 남아 있을 수 있다. 하지만 세반고리관이 없다면, 인간은 세상 밖으로 던져진 존재가 된다. 세계의 한 부분이 되기 위한 조건, 즉 가장 기본적인 법칙이 바로 균형감이기 때문이다. 세반고리관 없는 인간은 그저 혼돈 속 의식의 편린일 뿐이다.

세반고리관이 내이 깊숙이 있다는 것은 그것이 매우 중요한 기관임을 암시하는 것은 아닐까. 내이가 있는 위치는 몸 안쪽의 가장 안전한 장소이기 때문이다. 내이는 두개골이라는 커다랗고 단단한 상자 안에 담긴, 작지만 견고한 상자이다. 청각기관과 뇌를 보호하는 두개골은 구형에 가깝다. 공 모양을 하고 있으니 외부로부터의 타격이나 충격을 잘 견뎌낸다.

우주의 균형과 개체의 균형을 연결해주는 매듭이라고 할 수 있는 이 신비로운 세반고리관, 세 개의 고정된 자이로스코프*에 대한 이야기는 이쯤 하자. 내이의 창을 통해 들어오는 진동으로 돌아가보자.

이 창에는 진동막의 일종인 격막이 달려 있고 그 뒤로 진동이 나아갈 미로가 펼쳐져 있다. 그 미로는 둥글게 말린 소라 같기도 하고 끝이 뾰족한 달팽이집 같기도 하다. 미로의 아래쪽 넓은 부분은 창에 잇닿아 있으며, 뾰족한 끝부분은 머리 안쪽을 향하고 있다. 우리가 주변에서 볼 수 있는 소라 껍데기나 달팽이 집은 안쪽으로 말려들어가는 관이 한 개 있는데 반해, 여기에서는 밑에서부터 끝의 뾰족한 부분까지 세 개의 관이 함께 말려들어간다. 그중 두 개의 관인 전정계와 고실계는 끝에서 서로 만난다. 그런

* 공간에서 자유로이 회전할 수 있도록 장치된 복잡한 팽이의 일종.

데 우리가 달팽이세관이라고 부르는 셋째 관은 완전히 밀폐된 상태이다. 셋째 관과 둘째 관은 다시 한 개의 나선형 막으로 나뉘어 있다. 달팽이세관 속 나선형 막 뒤에는 2만5천 개의 청각세포가 분포돼 있다. 이 각각의 청세포를 보면 한쪽 끝에 섬모가 돌출돼 있고 다른 쪽 끝은 신경망으로 이어져 있다. 이처럼 한 묶음이 된 신경망은 귀를 통해 들어온 정보를 뇌에 전달하는 청신경을 이룬다.

이 미로 안에서는 무슨 일이 일어날까? 간단히 보도록 하자. 창이 흔들리면 그 안의 림프액이 신경세포로 진동을 전달한다. 그러면 신경세포는 그 진동을 신경 흥분으로 변환시켜서 청신경을 통해 뇌로 전달한다. 그런데 왜 이처럼 달팽이 모양이어야 했을까?

신경세포가 창에 쳐진 막 뒤에 바로 놓여 있다고 생각해보자. 그리고 여러분이 봄날 저녁 샹보르 숲속을 걸어가고 있다고 가정하자. 여러분의 귀에는 다음과 같은 소리들이 들린다. 사랑을 속삭이는 나이팅게일의 노랫소리, 갓 돋아난 잎사귀를 스치는 바람소리, 잔가지 밟히는 소리, 사슴의 구슬픈 울음소리, 산림 관리인 숙소에서 새어나오는 불청객 같은 텔레비전 소리, 개구리들이 합창하는 소리, 하늘을 나는 제트 여객기의 소음, 개울 바닥을 적시는 시냇물 소리, 멧돼지가 숲을 헤치고 나오는 소리, 시속 10킬로미터로 달리는 스쿠터 소리.

여러분의 귀는 이 모든 소리를 동시에 받아들인다.

모든 청세포가 창에 쳐진 막 뒤에 분포돼 있다면, 청신경은 동시에 자극을 받고 여러분의 뇌는 온통 뒤범벅이 되어 하나하나 가려낼 수 없는 소리를 듣게 된다. 결국 소리의 세계는 웅웅거림의 연속이 될 것이다. 거기에서 일어나는 변화라고 해봐야 웅웅거림의 세기 정도일 것이다.

내이의 미로조직은 뒤범벅된 소리, 들끓는 진동의 혼합물을 변형해서 각각 구분지을 수 있는 소리의 앙상블로 바꾼다. 그렇게 되면 뇌에서는 소리를 구분하고 선택하게 된다. 탄력성 있는 창을 거쳐 내이에 도달한 것과 청신경을 통해 내이를 나온 것 사이의 차이는 여러 색깔을 믹서에 돌려 뒤죽박죽 섞어놓은 것과 그 색깔들을 가지고 그린 그림 간의 차이와 같다.

이 미로조직은 진동의 뒤범벅을 어떻게 분석해내는 것일까?

그것을 안다는 것은 불가능해 보인다. 귓속에서 무슨 일이 벌어지는지를 보기 위해서는 귀를 열어보아야 하는데, 일단 열면 아무 일도 벌어질 수 없기 때문이다. 즉 정상적인 방식으로 파악하는 것이 불가능한 것이다.

불완전하나마 실험을 통해 몇 가지 사실을 알아낼 수 있었다. 이것을 가설의 근거로 삼는다면 어떨까?

소리의 진동의 직경은 살바도르 달리도 울고 갈 만한 로그함수 곡선을 따라 점점 줄어들면서 나아간다. 각각의 진동은 나름의 길을 따라 그 지름이 각 파장에 비례하는 미로의 부분을 통과한다. 그리고 미로는 청각장치가 지름과 파장만큼만 진동하도록 만들어준다. 바로 그 장소, 그 소리에만 청세포의 섬모가 진동하게 된다. 창으로 들어온 여러 진동을 구성하고 있는 각각의 파장도 마찬가지이다. 나선형으로 말려들어가는 동안 각각의 세포군은 관련된 파장을 포착한다. 세포군이 미로의 끝에 도달할 즈음, 소리의 혼합물은 완전히 파악된다.

이것은 하나의 가설이다. 물리와 음향 법칙에 비추어보더라도 그럴듯해 보인다. 만족스러운 조건에서 시행된 것은 아니지만, 실험이 주장을 뒷받침해주는 듯하다. 즉 달팽이관의 막이 선택적인 방법으로 진동한다는 것이다. 그런데 이는 동시에 주장을 반박하는 것이 되기도 한다. 즉 나선형의 관이 좁아지면 좁아질수록 낮은 소리를 잡아내고, 반대의 경우에는 높은 소리를 잡아낸다는 것이다. 그런데 음향법칙에 따르면 우리는 이 상반되는 현상에 만족하지 않을 수 없다. 정확히 알 수 없긴 하지만, 한편으로는 파장의 작용에 따라 이 현상이 발생하기도 하고, 다른 한편으로는 세 개의 관이 나선형으로 말려들어가는 작용에 따라 발생하기도 한다는 결론을 끌어낼 수 있다. 하지만 파장만으론 소리를 정의할 수 없다. 음악회에서 오케스트라의 연주를 듣거나 전축을 들을 때 우리의 귀는 같은 음이라도 피아노나 플루트 혹은 바이올린이 내는 소리를 정확히 구분해낸다. 그런데 이 세 악기가 내는 '도' 라는 음이 진동시키는 것은 나선형 관의 동일한 부분의 동일한 세포이다. 그렇다면 도대체 무엇이 그 음들을 구분하는가?

섬모 때문에 가능한 것인지도 모른다. 거기서 일어나는 현상을 증명할 수는 있지만 설명할 도리는 없다. 여기서 우리가 직면하게 되는 것은 기본적인 전기현상과 생명현상이다. 섬모가 떨리면 미세한 전류가 생기고 전류는 섬모가 돋아 있는 청세포에 전달된다. 그리하여 그것은 신경망으로 청신경으로, 그리고 뇌로 전달된다.

그런데 관 속의 섬모들은 길이도 분자구조도 모두 다르다. 그러므로 각 섬모, 아니 각 섬모의 분자들이 반응하는 진동의 특성들도 다 다르다. 그리고 그 특성들은 파장이 아닌 피아노나 트럼펫의 음색으로 알 수 있다.

섬모를 구성하고 있는 각 분자는 세포 속으로 서로 다른 형태의 극소 전류를 흘려보내는데, 세포는 그것을 모아 정리한 뒤 특수한 연결망을 통해 뇌로 보낸다. 2만5천 개의 세포에서 나온 2만5천 개의 특수한 연결망은 동시에 뇌를 향해 각각 극소량의 전류를 흘려보낸다. 각각의 전류는 각각 다른 극소 밀도, 극소 에너지, 극소 변조(變調)를 가지고 있다. 그리고 아마 우리가 알지 못하는 극소 미립자도 있을 것이다. 뇌는 이와 같은 2만5천 가지의 전기신호를 청각신호로 바꾸는데, 우리는 그 과정을 설명할 도리가 없다. 외이로 들어온 소리의 덩어리는 중이를 거쳐 미세한 뼈에 의해 증폭된다. 이는 미로에서 분류된 뒤에 달팽이관에서 전기신호로 바뀌어 청신경으로 들어간다. 그리고 대뇌피질에서 다시 소리 정보로 바뀐 후에 마침내 분명하고 완전하며 다양하게 조직된 소리의 모자이크가 생겨나는 것이다. 양의 울음소리, 개구리 울음소리, 그리고 바람의 탄식 소리는 이렇게 우리 머릿속으로 들어와서 식별된다.

이상이 귀에서 일어나는 일이다. 적어도 이와 같을 것이다. 나는 알려진 많은 사실을 단순화했다. 사실 우리는 다 알고 있지도 못하다.

그리고 내가 가정한 것이 정확하지 않을 수도 있다. 만약 모든 것을 정확히 알 수 있다면 어떤 일이 벌어질까? 우리는 놀라움과 미지의 존재에 대한 공포에 사로잡힐 것이다.

도대체 누가 귀라는 것을 생각해낸 것일까?

귀의 단순하면서도 조화로운 틀 안에는 무수히 정교한 장치가 설치돼 있으며, 그것의 섬세함과 역학적, 음향학적, 전기적, 화학적 작용 및 장액, 혈액, 결체, 골격, 근육, 신경, 액체, 고체, 기체 등과 관련된 다양한 작용이 기능하는 것을 바라보는 것만으로도, 그리고 이러한 복합적인 미묘함이 빚어내는 즉각적이고도 완벽한 조화 속에 우연으로 보이는 상호작용이 만들어내는 놀라운 결과를 주목하는 것만으로도 우리는 그토록 쉽게 만족하고 만다. 그러나 우리는 그 사실을 잊거나 모르고 그냥 지나치고 있다.

가장 잘 갖춰지고 가장 잘 적응하는 선택체계가 있다는 것을 우리는 인정하지 않을 수 없다. 귀가 있는 동물이 없는 동물보다 잘 생존할 수 있었다. 인정할 수 있다. 그런데 무엇이 동물에게 귀를 달아주었는가?

쉽게 대답하기 어려운 문제라고 하면서, 미세한 진동에도 예민하게 반응하는 세포가 처음부터 존재했을 것이라고 가정할 수도 있다.

그것도 좋다.

그런데 미세한 진동을 감지할 수 있는 세포는 어떻게 진동을 청각으로 바꾸어놓을 수 있는가? 이 세포는 다른 세포와 어떻게 연결되는가? 어떻게 미로 속 달팽이세관에 자리잡고 진동을 일일이 구분해내는 섬모를 만들었을까? 어떻게 증폭장치보다 먼저 생겨났을까? 어떻게 이 세포가 외이를 만들어 발달시켰을까? 도대체 어떻게? 어떻게? 어떻게? 도대체 어떤 존재가 이런 일련의 완벽함을 꿈꾸었단 말인가?

그것은 한 개체의 차원에서 일어난 일일까?

할 수 있다면 인간은 진작부터 날개도 달고, 뒤통수에 눈도 달았을 것이다.

아니면 종의 차원에서 일어난 일일까? 그 자체가 생명을 가진 물질인가? 과연 누구인가?

귀는 수없이 많은 상호작용에 의해 우연히 만들어진 것이 아니다. 귀는 심사숙고를 거쳐 설계하고 조직한 결과물이다. 우연히 구상되거나 가다듬거나 조직된 것이 아니다. 우연은 그저 뒤섞기만 할 뿐이다.

시간이라는 요소를 고려할 수는 있겠지만, 우연히 귀가 만들어졌다는 설명은 받아들이기 어렵다. '원숭이와 타자기의 역설'이라는 것이 있다. 원숭이를 타자기 앞에 앉혀놓고 영원히 타자를 치게 한다. 그러면 무수한 알파벳들을 치게 될 텐데, 그러다가 성서의 본문을 칠 수도 있다는 것이다.

이 주장은 받아들이기 어렵다. 그것은 틀렸다. 질적인 문제와 양적인 문제를 혼동해서 나온 주장이기 때문이다. 원숭이는 성서는 고사하고 「개미와 베짱이」도 칠 수 없다. 계속 갈팡질팡하며 쳐댈 뿐이다.

영원히 주사위를 던진다 해도, 6이 연속으로 천 번 나오지는 않을 것이다. 하물며 귀나 데이지꽃, 작은 고양이를 만들려면 주사위의 6이 연속 천 번 나오는 것 같이 경이롭기 그지없는 상호작용이 여러 번 축적되어야 한다.

그렇다면 귀와 데이지꽃은 어떻게 만들어진 것인가?

분명 누군가 있다!

그는 침대 밑에도 있고, 옷장 속에도 있다. 누군가 우리의 생명 속에, 우리 살 속에 있다. 그 누군가는 우리를 만들었고, 우리를 가지고 그가 원하는 무언가를 만들고 있다.

산토끼의 귀는 크다.

최근 산토끼의 행동을 연구한 바에 따르면 산토끼의 삶은 두려움에 의해 좌우된다고 한다. 산토끼는 죽임을 당하기 위해 존재한다. 산토끼는 그 사실을 알고 있는 듯하다. 태어나서 잔혹하게 죽임을 당할 때까지 산토끼는 숨고 도망치며 도망치고 숨기를 반복하고, 새끼들을 숨긴다. 때로는 피해를 줄이기 위해 새끼들과 같이 도망치지 않을 때도 있다. 이렇게 밤낮을 쫓겨다닌다. 마침내 지쳐서 빨리 뛰지도 못하고 잘 숨지도 못하게 되면 결국 잡아먹힌다. 쫓겨다니는 삶 속에서 그는 공포 말고 다른 것은 알지 못한다.

산토끼의 귀는 크다. 청각이 아주 예민하다.

당신이 그렇게 애타게 찾아 마지않는 자연이자 종(種)이자 뛰어난 기술자이자 건축가인 신은 이 희생양의 조그만 머리에 그를 죽이러 오는 자의 발소리를 들을 수 있는 한 쌍의 놀라운 기관을 선사했다.

귀 때문에 산토끼는 잠도 잘 못 자며, 제때 도망갈 수 있고 암컷에 씨를 뿌릴 수 있을 정도로만 생존한다. 덕분에 두려움의 계보는 끊이지 않는다.

여우도 귀가 발달했다. 족제비도 그렇고 사냥개 역시 그러하다.

돌로 무장하고 들소를 잡으려 했던 라스코나 알타미라 동굴 벽화 시대의 사람들은 강 건너편에서 잠자고 있는 들소 떼의 소리도 들을 수 있었다.

귀는 무엇보다 탐지장치이다. 귀는 공격자가 미래의 희생물을 추격하는 데, 희생물이 살며시 다가오는 죽음의 발걸음을 간파하는 데 쓰인다. 귀는 잡아먹는 자와 먹히는 자 모두에게 레이더 구실을 한다.

산토끼의 조그만 머리 속에는 세 개의 나선형 관으로 이루어진 마법 같은 미로와 예민한 섬모, 그리고 모든 소리를 들을 수 있는 수천 개의 세포가 있는데, 이는 오로지 더 나은 한 쌍의 미로를 장치한 육식동물의 주둥이가 살금살금 다가오는 소리를 알아차리는 데 쓰일 뿐이다. 여기서 자연도태가 적용된다. 예민한 귀와 순발력을 갖춘 산토끼는 청력이 둔한 다른 토끼보다 더 오래 살 수 있다. 그리고 자손 복도 누릴 수 있다. 예민한 중이와 작은 뼈들의 움직임, 그리고 소리를 구분해주는 세포와 신경계의 민첩한 반응 덕분에 쫓김과 공포는 계속 존재하게 되는 것이다.

이 생명체를 움직이는 청각, 후각, 시각, 근력, 뇌, 그리고 수백만 개의 놀라운 장치는 결국 이 피조물을 살해와 공포 속에 가두기 위해 만들어진 것처럼 보인다.

귀는 우연히 만들어진 것이 아니다. 그 쓰임 또한 마찬가지다. 생명체의 기능과 균형에 영향을 미치는 법칙들은 천체와 원자의 변화를 주관하는 법칙만큼이나 완고하고 불가피하다. 어떤 세포도 어떤 개체도 어떤 종도 생존과 공격을 주관하는 법칙에서 벗어날 도리가 없다. 하나의 종이 사라지면, 좀더 공격적이거나 좀더 효율적으로 살코기를 제공할 수 있는 종이 나타난다.

생명체의 일반적인 행동양태를 보면 가공의 동물인 카토블레파스*가 연상된다. 카토는 얼마나 먹성이 좋고 둔한지, 자신의 꼬리를 보면 그것을 물고 먹기 시작해서 결국 자기 자신을 모두 먹어치워버릴 때까지 씹어댄다. 그러나 이 생명체가 어리석은 것은 아니다. 그는 그렇게 할 수밖에 없다. 자신의 살코기를 먹어

* 목이 길고 약해서 뿔이 난 머리를 땅에 끌고 다니는 상상의 동물

야만 생존할 수 있는 것이다.

결국 카토블레파스는 평생 식사를 마칠 수 없을 것이다. 자신의 살을 먹으면서 그는 생존과 성장을 확신하게 된다. 내장의 상처는 아물고 잘려진 살코기는 다시 재생되며, 입이 커질수록 점점 더 많은 것을 요구한다. 그렇게 되면 새로 돋은 살—이미 먹힌 살을 더 많이 물어뜯게 된다.

자신에게서 벗어나고픈 부조리한 희망이 꼬리를 물고 있는 동안, 자신의 살을 삼키고 새로 태어났다가 다시 자기 자신에게 잡아먹히는 동안 이 끔찍하고 속죄받을 길 없는 고통과 두려움은 매순간 커져만 간다.

이 문제에 대해서는 신을 용서할 수 없다.

다시 이 거북스러운 이름이 제기됐다. 우리가 입에 올릴 때마다 그 이름은 우리 마음속에 경외, 증오, 겸손, 비웃음 혹은 가장된 무관심 같은 반응을 불러일으킨다. 그중 가장된 무관심은 가장 부정적인 태도로 판단의 자유를 억압한다. 이런 반응들은 신에 대해 긍정적이든 부정적이든, 모든 이성적인 행동을 즉각적으로 막아버린다. 그리고 열광이 그 자리를 차지한다. 열광 혹은 최소한의 어떤 감정이라도 일어난다. 감정이 열광보다 나은 것도 아니다.

어떻게 감히 신자도 불신자도 아닌 내가 그 이름을 쓸 수 있을까? 오직 이해하려고 하는 자일 뿐인 내가……

신앙이 깊은 자들은 나를 불태우려 하거나 가엾이 여길 것이고, 이성주의자들은 내가 몰래 교권을 세우려 한다고 비난할 것이다.

그렇다면 나는 뭐라고 쓸 것인가?

성령? 창조자? 절대자? 수품자? 위대한 건축가? 창조주 하느님? 유일자? 전지자? 하느님 아버지?

그도 아니면 탈인격자? 제1 원인?

수많은 이름이 있지만 아무것도 적절치 않다. 그 이름들은 제한하고, 규정하고, 인격을 가져본 적이 없는 대상에게 인격적 특성을 부여한다. 오직 신이라는 말만이 그 기이한 막다른 길을 향해 가는 우리의 여정을 바꿔놓지 않는다. 신이라는 말은 정의될 수 없기 때문이다. 우리는 지난 2천 년 동안 교회가 해온 선전과 우리가 진실이라는 이름으로 히말라야 산 높이만큼 쌓아올린 어리석음에서 벗어나야 한다. 반교권주의적 혹은 종교적 광신과, 현미경과 교리 너머에 있는 것을 찾으려는 노력을 거부하는 정신적 나태를 일소해야 한다.

어느 누구도 신이라는 말의 의미를 알지 못한다.

신을 찬양하거나 신을 미워하는 것은 둘 다 어리석다.

사람들은 뭐라 말할 수 없는 것을 미워하거나 찬양하지 않는다.

내가 아는 것은, 우리가 전체 혹은 세부에 대해 알 수 있거나 추측할 수 있는 범위 내에 있는 이 우주가 무정형적이고 비조직적인 우연의 소산과 혼동될 수 없다는 것이다. 그 우연의 산물이 영원한 존재라 해도.

선입견 없이 우주를 바라보면, 우주가 창의적 지성과 뚜렷한 목적의식을 가진 의지의 산물이라는 결론에 이르게 된다. 나는 도대체 그 지성이 무엇이고 의지가 무엇인지, 그리고 우리가 무엇인지 알고 싶어 견딜 수 없다. 우리, 살아 있는 우리, 삼켜지는 물고기—우리, 피흘리는 산토끼—우리, 잘려진 올리브나무—우리, 짓이겨진 풀—우리, 뿌려지고 빻아지는 알곡—여기서 우리는 도대체 무엇인지.

백혈병에 걸린 종교가 하느님 아버지라는 존재를 통해 우리의 갈증을 풀어주려고 하는 것은 목마른 자에게 시럽 한 방울을 떨어뜨려주면서 생색내는 것처럼 어처구니없는 시도이다.

우리는 진실이라는 신선한 샘을 되찾아야 한다. 그렇게 하기 위해서는 진실을 덮고 있는 히말라야 산을 파내고 샅샅이 뒤져야 한다.

엄청나게 힘들 것이다. 하지만 이보다 더 급한 일은 없다.

이 우주의 제1법칙은 균형이다. 이 세계가 아무런 균형도 이루고 있지 않다고 생각해보라.

사물이 존재하기 위한 공간도 없을 것이며, 사물은 존재할 수조차 없을 것이다. 물질이 모일 수 없기 때문이다. 분자의 결합도 없을 것이며, 분자는 존재조차 하지 않을 것이다. 원자도 없을 것이다. 방향도 없고, 아무런 영향도 미치지 못하는 에너지만이 뒤죽박죽 얽혀 있을 것이다. 그야말로 혼돈이다.

생명계 역시 균형을 이루고 있다. 삶과 죽음 사이에, 생물과 무생물 사이에, 식물계와 동물계 사이에, 서로 경쟁하는 종들이 벌이는 생존의 노력 사이에, 잡아먹으려는 자의 식욕과 잡아먹히는 자의 생식욕 사이에 균형이 존재하고 있다.

이러한 균형을 유지하는 가장 효과적인 방법은 어린 새끼를 잡아먹는 것이다.

모든 종에게 새끼보다 좋은 식량은 없다. 물론 장차 새끼들도 자라겠지만, 그렇게 자랄 수 있는 새끼의 수는 극히 제한돼 있다. 어린 새는 알 상태로 있거나 둥지에 있을 때, 어린 산토끼는 굴속에 있을 때, 치어는 첫 헤엄을 치기 시작할 때 잡아먹히고 만다.

사람은 다 큰 수탉보다 영계를 좋아한다.

이처럼 새끼를 잡아먹게 되면 종 수의 폭발적인 증가에 제동을 걸 수 있다. 다시 한 번 말하지만, 이런 대량학살이 가장 자주 일어나는 곳은 바다이다.

학살에서 얼마나 살아남는지 정확한 비율은 모르지만, 치어 10만 마리당 한 마리가 소화액에 섞이지 않는다고 쓴다면 그나마 후한 편이라고 말할 수 있을 것이다.

한 마리의 치어는 그리 대수로운 것이 아니다. 그것은 몇 가닥의 신경줄로 이어져 있는 한 가닥 생명의 실오라기이다. 치어들은 약간의 공포, 약간의 고통만 주어도 온통 공포와 고통에 휩싸인다. 무수한 치어들이 산 채로 먹히고, 무수한 의식의 작은 편린들이 고통 속에 스러진다. 아무것도 아니다. 늘 일어나는 일일 뿐이다.

인간의 젖먹이가 중이염에 걸린 것을 본 적이 있는가? 아이는 어떤 일이 일어났는지 전혀 이해하지 못한다. 갑자기 고통이 그를 엄습하여, 그 안이, 그의 머리가 아프고 그의 뼈를 뒤튼다. 아이는 귀에 손을 가져가곤 자지러지게 운다. 아플수록 더 크게 운다. 거기서 헤어날 도리, 그것을 어찌해볼 도리가 없다. 그런 아이의 눈을 보면, 그 속에서 공포를 읽을 수 있다. 한 무리의 생명체가 다른 생명을 공격해서 게걸스럽게 먹어치우고 있는 것이다.

야수가 인간 아이를 잡아먹는다는 것은 아주 오래된 옛날 이야기다. 하지만 아이들을 박테리아, 세균, 바이러스로부터 보호할 수 있게 된 것은 얼마 되지 않았다. 든든한 위생의 방벽 속에서 자식을 키우는 오늘날의 어머니들은 1, 2백 년 전만 해도 어린아이의 생존율이 극히 낮았다는 것을 이해하지 못한다. 예를 들어 요한 세바스찬 바하는 스물두 명의 아이를 두었는데, 그중 일곱 명만 살아남았다. 레오폴트 모차르트는 일곱 명의 아이를 두었는데, 그중 두 명만 살아남았다. 너무도 다행인 것은, 그 두 명 중 한 명이 바로 볼프강 아마데우스 모차르트였다는 것이다.

프랑스의 경우 19세기 중반만 해도 영아 사망률이 20퍼센트나 되었는데 오늘날은 그 수치가 3퍼센트 이하로 뚝 떨어졌다.

그것은 생명계의 위대한 혁명이다.

인간의 자식이 더이상 잡아먹히지 않게 된 것이다.

이제 인간은 자신과 아이들의 안전 때문에 두려워하지 않는다. 호랑이도 늑대도 페스트도 후두염도 두렵지 않다. 커다란 야수들은 모두 우리에 갇혔고 미생물은 꼼짝 못 하게 되었다. 인간은 오로지 죽은 상태에서만 다른 종에게 먹힐 뿐, 더이상 다른 종을 위해 자신의 신선한 살코기를 바칠 필요가 없게 되었다.

그런데도 인간은 계속 살생한다. 인간은 그 어느 때보다 더 많이 살생한다. 생명계의 모든 부분을 철저히 파괴하고, 숲을 밀어버리고, 연못을 고갈시키고, 새들을 학살하고, 무수히 많은 어린 양과 닭의 목을 비튼다. 어떤 종도 인간의 손아귀에서 벗어나 목숨을 부지할 길이 없다. 이제는 어떤 종도 인간을 이길 수 없다. 인간은 자신만의 이익을 위해 생명계의 균형을 파괴한다.

인간은 지구상의 다른 모든 종을 몰살시킨 뒤 이 지구를 홀로 차지하려고 한다.

하지만 균형의 법칙은 필연적이다. 생명의 세계에 밀어닥친 변화에는 반드시 그에 상응하는 결과가 따르기 마련이다. 무시무시한 인과응보가 빚어질 것이다. 어떤 동물이 다른 동물로부터 전혀 해를 입지 않는다면, 자신이 가진 힘과 방어력에 걸맞은 적이 눈앞에 나타날 것이다. 인간에게 적은 바로 자기 자신이다.

손과 이가 무기의 전부였던 동물 수준의 인간들은 죽이기도 하고 죽임당하기도 했다. 그러다 원시적 상태에서 벗어나면서 인간은 적에 대해서 끄떡하지 않게 되었다. 인간은 새로이 추가 된 무기를 곧바로 동족에게 사용하기 시작했다. 늑대를 죽인 뒤에는 자신의 형제를 돌로, 활로, 대포로 죽였다. 이제 인간 종은 다른 종으로부터 받지 않는 상처를 같은 종족에게 입히기 시작했다.

이것은 외부의 싸움에서뿐만 아니라 내부의 싸움에서도 마찬가지로 나타났다. 백신, 혈청, 주사, 엑스레이, 알약, 캡슐, 시럽, 흥분제, 진정제, 강심제, 해독제, 항생제, 진통제, 여성 호르몬, 수퇘지 추출물 등에 의해 급작스럽게 변화되고, 청소되고, 씻기고, 제거되고, 보호된 인간의 유기조직에는 공격하는 것에 대항하는 능력이 더이상 존재하지 않으며, 인간 세포에는 무질서만 남게 되었다. 암은 미생물이 더이상 존재하지 않는 곳에서 생겨난다. 이제 인간은 스스로 자신의 폐와 간과 전립선을 먹어치우기 시작했다.

그렇지만 암은 미생물들이 행했던 수많은 형태의 공격을 모두 대신할 수는 없다. 가까운 시일 내에 인간은 세포의 반란을 진압할 방도를 찾아낼 것이고, 노화를 막는 법도 알아낼 수 있을 것이다.

인간은 자신의 내부에서 일어나는 거의 모든 전투에서 승리를 거두었다. 전쟁 자체를 이기는 것도 불가능해 보이지는 않는다.

어떤 미생물 적군이라도 인간 종의 팽창을 막을 수는 없을 것이다. 인간 종의 비약적 성장이 그렇게 몇 세대 지속되면, 지구는 발 디딜 틈이 없어질 것이다. 이미 도시에서는 공간이 줄어들고 있는 것이 느껴진다. 천장은 낮아지고, 벽 사이는 좁아지고, 꽉꽉 들어찬 건물들이 하늘을 향해 비쭉비쭉 솟아난다. 이것은 첫 신호에 불과하다. 이 현상엔 가속도가 붙을 것이다. 지구의 인구는 30억이다. 손자 세대가 되면, 인구는 200억이 될 것이다. 백 년도 채 못 되어 지구는 꽉 찰 것이다. 인간은 인구폭발이 시작되는 시점에서 핵폭탄을 개발했다. 인간은 그것으로 인해 공포에 떨고 있다. 폭탄을 설계하고 제조한 사람들도 공포에서 벗어날 수 없다. 그것은 해산하려고 하는 여인이 자궁에서 불쑥 나온 쥐의 머리를 볼 때 느끼는 공포와 비슷할 것이다. 폭탄을 만드는 사람들은 핵폭탄을 저주하면서도 더 많은 사람을 죽일 수 있는 무기를 만드는 일을 그만둘 수 없다. 어떤 국가의 수반도 그것을 사용하기를 원하지 않는다. 그렇지만 일단 무기를 가진 자들은 계속해서 무기를 만들어 비축해두려고 한다. 아직 갖지 못한 자들은 그것을 갖기 위해 필요한 작업을 하느라 정신이 없다.

핵폭탄이 불러일으키는 커다란 공포로 인해 아마도 인류 역사상 처음으로 개인이든 국가든 전쟁을 원하지 않게 되었다. 그럼에도 모든 사람은 언젠가 어처구니없는 이유로 전쟁이 일어날 수도 있다고 믿는다.

이제 사람들은 서서히 인간의 역사가 생명의 역사에 포함된다는 사실을 자각하기 시작했다. 생명의 역사란 인간의 의지가 올챙이가 개구리로 탈바꿈하는 데 필요한 의지만큼 작용하는 곳이다.

전쟁은 과거에 믿었던 것처럼 국가들 사이에서 빚어지는 폭력이 우발적으로 발현된 것이 아니라, 그 시작과 정도 그리고 기간이 인간의 통제력을 벗어난 채 지속되는 현상이다. 전쟁이 자본주의의 산물이라고 굳게 믿었던 마르크스주의자들도 그 착각의 위험성을 자각하였다. 그래서 그들은 공동의 적인 전쟁과 맞서기 위해 반동 계급과 협력할 준비를 갖추고 있다.

그렇다면 누가 먼저 핵폭탄을 터뜨릴 것인가?

그럴 사람은 없다.

사람들은 핵폭탄이 재앙을 가져온다는 것을 잘 알고 있고, 미국이든 아시아든 유럽이든 인간이 사는 곳에 핵폭탄을 보유하는 것만큼 어리석은 일이 없다는 것도 잘 알고 있다.

그럼에도 사람들은 그것에 집착하고, 잠자리까지 안고 들어간다.

어떤 무기감축 협상도 제안도 일축될 것이다.

안전이니 통제니 하는 것은 어린아이 같은 소리거나 핑계, 무의미한 말에 지나지 않는다.

인간은 핵폭탄으로부터 벗어나려고 하지 않는다.

사실, 인간은 그것으로부터 벗어날 수 없다. 독사에게서 독이 나오듯 인간에게서는 핵폭탄이 생겨났다. 독사는 아무리 독이 없고자 해도 그렇게 될 수 없다. 그리고 독사가 된 것이 그의 잘못도 아니다.

핵전쟁은 아주 새로운 형태의 전쟁이다. 이때의 전쟁은 인간 종이 다른 종으로부터 공격받지 않는 일방적인 관계를 바로잡기 위한 현상으로, 법칙 또는 (사실 같은 말이지만) 균형잡고자 하는 의지에 따라 인간 종이 펼치는 생명과정이다. 일방적 관계가 깊어질수록 전쟁의 필요성은 증가한다. 돌멩이에서 원자폭탄에 이르기까지 인간이 사용한 온갖 무기의 변천과정을 보면 인간 종이 팽창할 때와 동일한 선을 그리고 있다. 그 둘은 아찔할 정도로 수직 상승하다가 결국 밑으로 떨어진다. 비대해진 인간은 결국 자신을 죽이게 될 무기를 가슴에 꼭 품고 있다고 할 수 있다. 과연 인간은 천상에 도달하기 전에 뇌관을 작동시킬 것인가?

만약 인간이 그렇게 한다면, 그것은 그렇게 하길 원했기 때문이 아니라 그렇게 할 수밖에 없기 때문이다. 그것은 자신의 의지와는 무관한 자살행위이다. 그리고 그것은 자신의 의지와 무관하게 새끼를 먹어야 하는 운명을 닮았다.

다른 종이 그런 행위를 하는 예를 본 적이 없다면, 인간의 무의식적이고 강제적인 집단자살이라는 것은 있을 수 없다는 견해가 가능할지도 모른다.

나그네쥐가 죽음의 여행을 한다는 이야기를 들어본 적이 있을 것이다. 스칸디나비아의 산맥에 서식하는 이 조그만 설치류는 종족의 수가 포화 상태에 이르면 북빙해를 향해 밤낮으로 달려가 물에 몸을 던져 죽는다.

그런데 이런 특이한 행동양태가 아주 최근에 시작되었다는 사실을 아는 사람은 많지 않다. 사람들이 알기로, 나그네쥐의 집단익사 행위가 시작된 것은 1920년부터였다.

나그네쥐의 이런 기이한 행동은 인간의 무차별적인 맹금류 사냥이 간접적으로 빚어낸 결과라는 것을 알 수 있다. 맹금류는 모든 설치류의 가장 큰 천적이기 때문이다.

자신들을 적절히 잡아먹어줄 천적이 존재하지 않는 상태에서 생존력과 번식력이 강한 나그네쥐는 마구잡이로 불어나다가 마침내 1920년에 파국을 맞게 되었다. 균형의 법칙이 작용하기 시작한 것이다. 그때부터 나그네쥐들은 종족의 숫자가 어느 선을 넘어서면 물에 빠지기 위해 정기적으로 바다를 향하게 되었다.

또다른 설치류의 예를 보자. 남부 시베리아에 서식하는 보박은 1875년경에 자살하기 시작했다. 이 또한 균형을 잡아줄 수 있는 천적들을 인간이 무차별 살상한 것에서 비롯되었다. 19세기에 엽총이 발명되었기 때문이다. 몇십 년에 걸쳐 엽총은 동물계를 심각하게 뒤집어놓았다. 엽총은 시베리아에서 보박의 어떤 천적의 씨를 말렸을까? 아마도 늑대일 것이다. 지오노라는 사람이 1964년 12월 12일자 『니스 마탱』에 기고한 글에 의하면, 보박은 통통하게 살찐 조그만 설치류라고 한다. 보박은 땅굴에서 서식하는데, 그 땅굴은 지하도시처럼 넓게 퍼져 있으며 저쪽 지평선 끝에서 이쪽 지평선 끝까지 수천 마리가 땅 밑에다 수많은 미로를 만들어놓고 산다는 것이다.

이는 굶주린 늑대들에겐 더할 나위 없는 식품 저장고였을 것이다. 땅을 파서 굴을 무너뜨리고 들어가면 기름기 흐르는 먹거리를 구할 수 있었다. 그렇게 함으로써 늑대들은 이른바 자연의 법칙에 따라 보박의 적정수를 유지시켰던 것이다.

늑대가 멸종되거나 그 수가 급격히 줄어들게 되자—늑대가 아니고 늑대 비슷한 것일 수 있다. 어쨌든 이 가설은 지역적 특성을 고려한 것이다—땅속의 거처에서 안전하게 지낼 수 있게 된 보박은 포화 상태에 이를 때까지 그 수가 불어나기 시작했다.

결국 포화 상태에 이른 그들은 차가운 북극해를 향해 이동했다.

1880년 러시아의 지리학자이자 생물학자인 포타닌은 처음으로 보박의 자살 장면을 목격했다. 그로부터 20년 동안 그는 얼어 죽을 위험을 무릅쓰고 기꺼운 마음으로 행진하는 이들 무리를 뒤쫓았다. 이후 구스타프 라데, 폴라코프, 알빈 콘, 폰 미덴도르프, 노르덴스키올드 등 많은 학자가 이 현상을 연구했으며, 아직도 연구하고 있다.

이제 지오노의 기록을 바탕으로 그 과정이 어떻게 진행되었는지를 보자. 그의 글을 길게 인용하는 것에 대해 양해를 구하고자 한다. 그보다 더 잘 이야기할 수 없기 때문이다.

"5월이 되면 보박은 땅굴에서 나온다. 그들은 수십만 마리 혹은 수백만 마리씩 무리를 지어 길을 떠난다. 3천 킬로미터에 이르는 여정을 떠나는 것이다.

여정 첫날, 죽으러 떠나는 것들과 종을 계속 보존해나갈 것들이 나뉘게 된다. 일단은 모두 출발한다. 하지만 저녁이 되면 수백만 마리의 보박이 땅 밑 미로 속으로 돌아온다. 어떻게 나뉘는지는 아무도 모른다.

그런데 주목할 사실은, 죽으러 떠나는 무리가 유달리 경쾌하다는 것이다. 서로 장난도 치고, 수컷이 암컷을 골려주기도 한다."

잠시 다른 이야기를 좀 하겠다. 지오노의 기사가 실릴 무렵, 1914년의 선전포고를 회고하는 프랑스와 독일의 합작 프로그램이 텔레비전에서 방영되었다. 나는 두 사건에서 유사점을 찾을 수 있었다. 작은 텔레비전 화면에는 프랑스인, 독일인, 오스트리아인, 러시아인들이 열광하면서 역으로 향하는 모습이 나왔다. 우리는 이에 대해 보박을 묘사하는 것과 같은 표현을 쓸 수 있으리라. 사지를 향해 가는 사람들의 모습은 들떠 보였고, 서로 장난도 치고 여자를 향해 수작을 걸기도 했다.

그러고 나서 사람들은 서로 나뉘었다. 한 부류는 자신들의 집으로 돌아왔고 다른 부류는 여전히 들뜬 상태에서 사지를 향해 계속 나아갔다.이제 보박 이야기로 돌아가자.

"그들은 자신들이 죽을 장소까지 3천 킬로미터를 4개월 동안 움직인다. 그들은 예니세이 강 좌안을 따라간다.

보박은 밤이고 낮이고 쉬지 않고 움직인다. 그들은 움직이면서 먹을 것을 해결하는데, 여위고 지친 기색은 전혀 없다. 7월에 접어들 무렵, 그들은 투르칸스크 고지에 이른다. 퉁그스카 하구와 만나는 지점을 통과하자마자, 그들은 강 우안으로 넘어가기 위해 예니세이 강을 건넌다. 그리고 툰드라 지대를 가로질러 타이미르 소(小)반도의 서쪽 경계를 향한다. 그곳에 다다르면, 그들은 스스로 몸을 던져 북빙해에 빠져 죽는다."

보박이 예니세이 강을 건넌 지점은 강폭이 2킬로미터가 넘는다.

알빈 콘은 다음과 같이 말한다. "강을 건널 때 그들은 마치 수달만큼이나 능숙한 수영 솜씨를 보여준다. 그들은 물속에서 마치 물고기나 된 듯이 여유롭다. 강을 건널 때는 단 한 마리의 낙오자도 없다."

이제 지오노가 포타닌의 자료를 바탕으로 보박의 최후 행동을 어떻게 묘사하고 있는지 보도록 하자.

"그들은 서서히 바닷가에 이른 뒤 조금도 주춤거리지 않고 일제히 바닷물로 들어가 빠져 죽었다. 단 한 마리의 예외도 없이, 침착하게 단호히 빠져 죽는 동안 작은 만은 점점 퍼져가는 시체들로 가득 찼다.

이런 집단자살은 매번 이틀 혹은 사흘 동안, 더 자세히 이야기하자면 48시간에서 72시간 동안 진행된다. 그사이에는 조금의 휴지기도 없으며 밤에도 그 의식은 멈추지 않는다."

보박이 예니세이 강과 바다에서 다른 행동을 취한 것을 보면, 그들이 자포자기 상태에서 자기파괴적 희생을 하지 않았음이 분명해진다. 그들은 죽음의 방법과 장소를 가리는 것이다.

보박은 아주 구체적인 명령에 따라 움직였다. 그들은 무려 4개월 동안 기꺼운 마음으로 죽음을 향해 나아갔다. 아마도 그들은 자신들이 어디를 향하고 있는지, 그리고 왜 가고 있는지 몰랐을 것이다. 마치 교미를 할 때 그 이유를 모르듯이.

그들은 번식 본능과 같은 차원의 본능으로 바다에 빠져 죽었을 것이다. 번식 본능과의 차이라면, 생명 대신 죽음으로 역행했다는 것이다. 그러나 그 방법에선 다른 점이 없다. 그들은 거역할 수 없는 절대명령을 기꺼운 마음으로 따른 것이다. 보박의 자살을 연구해온 학자들은 놀라움을 금치 못하고 다음과 같은 사실을 인정했다. 수백만 마리의 작은 생명이 종종걸음으로 대륙을 가로질러 마치 재미있는 일이라는 듯 기꺼운 마음으로 물에 빠져 죽으러 간다는 것이다. 그들이 바다에 빠져 죽는 순간은 어쩌면 생명의 씨를 잉태할 때처럼 말로 표현할 수 없는 기쁨의 순간인지도 모른다.

게다가 생명 본능과 죽음 본능은 서로 간섭하지 않는다. 보박은 움직이는 동안 교미도 하고 새끼도 낳는다. 하지만 그들은 새끼를 버린다. 멈출 수 없기 때문이다.

휴가를 나온 군인들이 여자와 관계를 맺어 임신시킨 뒤 살던 곳과 가진 것을 뒤로 한 채 다시 죽음의 길로 떠나는 것처럼.

더이상 인간은 들뜬 마음으로 전장에 가지 않는다. 이제 여행의 목적지가 어디인지를 알기 때문이다. 그러나 죽음에 대한 원초적이고 무시무시한, 그리고 본능적이며 총체적인 두려움에도 불구하고 인간은 전장을 향해 가며 앞으로도 그럴 것이다.

가령 내일 미국과 중국 사이에 전쟁이 일어난다고 가정해보자. 핵폭탄을 사용하지 않고 서로 신중한 태도를 취한다 해도 분쟁은 계속되면서 서서히 다른 나라로 옮아갈 것이다. 그럴 때 자본주의 진영이든 공산주의 진영이든 어느 한쪽의 편을 들지 않을 수 있겠는가?

개인은 아무것도 아니다. 인간 종은 어느 한편을 들라고 명령할 것이다. 균형의 법칙이 종에게 명령할 것이다. 인간을 죽으러 가도록 만들기 위해 종은 인간이 거역할 수 없는 사회적 구속의 방법을 사용할 것이다. 먼저, 선전 선동을 통해 죽음에 대한 두려움을 다른 이를 죽이고자 하는 강한 열망으로 바꿔놓는다. 현실을 자각하여 선전의 약효가 떨어질 때는, 때론 능동적으로 때론 수동적으로 이미 그것의 일부가 되어버린 죽이고 죽는 메커니즘에서 벗어날 도리가 없다.

인간과 보박의 차이는, 보박은 자신이 죽으러 간다는 사실을 모르고—적어도 우리가 가정하는 바에 따르면—인간은 자신이 무엇 때문에 죽어야 하는가를 모른다는 것이다.

양쪽에는 모두 거짓이 존재한다. 보박은 최후를 향해 가고 있으면서도 어떤 새로운 즐거움을 찾아간다고 믿는다. 인간은 그저 포화 상태에 이르러서 죽는 것인데도, 마치 조국과 가정과 자유와 이념을 수호하기 위해 죽는다고 믿는다.

만약 보박이 자신이 죽으러 간다는 것을 알지 못하는 거라면, 혹은 죽음이 무엇인지 알기에 즐거워하는 것이라면……

그렇다면 우리는 보박으로 태어나지 못한 것을 한스럽게 여겨야 할 것이다.

수천 년을 거치면서 인간 종은 필요에 따라 자기파괴의 과정을 조정하고 그것을 완벽하게 만들어나갔다. 그런 자기파괴의 과정은 늑대나 페스트가 할 수 없게 된 인간 대량 살상을 가능하게 했다.

하지만 생존에 대한 강박관념을 갖고 있고 자신을 보호하는 데 탁월한 인간 개별자는 질기고 사그라지지 않는 생명력을 갖게 되었다. 그리하여 인구통계학자와 생물학자들은 국지적인 핵전쟁이 일어나 5백만에서 6백만 명 정도의 목숨을 앗아간다 한들 인간 생명의 비약과 인구폭발을 막을 도리는 없다는 데 의견이 일치하고 있다.

따라서 좀더 철저한 균형의 법칙이 필요하다. 만약 핵전쟁이 일어나면 생명이 빚어낸 모든 고등한 형식들이 파괴되거나 몇몇 생존자가 남아 모든 것을 처음부터 다시 시작해야 할지도 모른다.

그런데 계획하고 주재하는 창조주의 관점에서 보면 이러한 상황은 딱히 특기할 만한 일도 아닌, 하나의 티끌에서 일어나는 아주 미세한 생명현상에 불과한 것인지도 모른다.

만약 잿더미에서 다시 태어난 인간이 재로 변해버린 선조보다 더 나은 존재가 될 수 있다면, 이는 인간 종으로선 축복이 아닐 수 없다.

하지만 인류의 진보를 위해 핵폭탄의 화염에 사라져야 하는 수십억의 인간은, 그리고 진화의 바로 그 과정에 놓인 인간들은 보박과 같은 무구한 기쁨을 느낄 수 없을 것이다. 대학살을 피하고, 분쟁을 막고, 화약의 불씨를 끌 수는 없을까?

그러기 위해서는 모든 것에 스며 있는 전쟁이라는 잔혹한 집단적 기만을 제거하고 자본주의자, 민족주의자, 이데올로기 신봉자들이 내세우는 명분의 허구성을 만천하에 드러내야 한다. 쉬운 일은 아니다.

가장 최근의 대학살인 제2차 세계대전이 일어난 지 20여 년이 지난 지금, 서로 적이었던 국가의 수반들이 무명용사의 무덤에 함께 헌화하러 간다. 울부짖는 이도 없고, 웃는 이도 없다.

그 무엇도 전쟁을 정당화할 수 없다, 결코.

많은 희생자를 낳는 전쟁일수록 전쟁을 일으킨 구실은 어처구니없기 마련이다. 농부가 자신이 심은 곡식을 지키기 위해 쇠스랑을 갖고 싸운다면 그나마 이유가 있다. 하지만 오늘날의 인간들은 어리석음의 악순환에서 빠져나올 줄 모른다. 각각의 진영에서는 인간이 행복해질 수 있는 방법은 단 하나, 즉 자신들의 방법밖에 없다고 굳게 믿고 있다. 그들은 다른 진영을 향해 자기 식의 행복을 강요하면서 전쟁이나 핵폭탄 같은 무력을 사용한다. 행복을 안겨준다는 명분으로 인류의 반이 나머지 반을 몰살시키려 한다. 전쟁이 일어나면 온 인류가 멸망한다는 사실을 잘 알면서도 말이다. 행복하게 만들어주기 위해 죽이다니, 이보다 치명적인 부조리는 없을 것이다. 그러나 인간세계를 이끌어가는 지도자라는 사람들은 그것을 막을 생각을 하지 않는다. 그리고 어떤 지성과 의지를 동원하다 하더라도 그 부조리를 막을 수 있을 것 같지 않다. 우리는 여기서 스스로 운명의 주인이라고 생각하는 인간들이 자신들은 존재하는지도 모르고 있는 법칙 앞에서 무릎을 꿇는 것을 볼 수 있다. 인간은 얼마나 한 치 앞도 보지 못하는 존재인가. 보박보다 더하면 더했지 결코 덜하진 않다.

1139년 라테라노 공의회에서는 철궁 사용에 대한 반대 입장을 천명하고 기독교도 사이에 철궁 사용을 금했다. 그러나 유럽의 모든 군대가 철궁으로 무장하게 되었고, 철궁은 소총이 나올 때까지 계속 사용되었다.

소총은 등장하자 악마의 무기로 불렸고, 소총 사수는 일단 붙잡히면 무조건 처형되었다.

1546년 프랑스에서는 귀족이라도 화약무기를 소지할 수 없었다. 그것은 왕명이었고, 만약 이를 어길 시에는 재판 없이 곧바로 교수형을 당했다.

1964년 제2차 바티칸 공의회에서는 핵폭탄에 대한 반대 입장을 밝히면서 기독교인이든 아니든 폭탄 사용을 금해줄 것을 요

청했다.

새로운 무기가 개발될 때마다 새로운 공포가 생겨나지만, 그 공포는 무기를 만들거나 보유하거나 사용하는 것을 막지 못한다.

오로지 더 강력한 무기가 생길 때만 지금의 무기를 포기하는 것이다.

돌멩이와 몽둥이를 무기로 사용하기 시작한 이후, 무기의 역사는 그렇게 흘러왔다. 핵폭탄까지 만들어졌고, 앞으로는 그 이상의 무기도 만들어질 것이다. 인류가 그후에도 생존할 수 있다면 말이다.

라테라노 공의회에서는 전쟁을 반대하지 않았다.

제2차 바티칸 공의회에서는 정당한 전쟁이 있을 수 있다는 것을 인정했다.

화염에 휩싸이기 전까지 아직 축복받을 시간이 있다.

양쪽 진영의 사제들이 그 번지르르한 손을 들어올릴 시간만 남아 있다면 말이다.

사제들이 라틴어 기도문을 암송하며 페스트를 물리치려는 동안 페스트는 조용히 인간을 집어삼켰다.

페스트의 진짜 원인을 파악하고 받아들이자마자, 사람들은 미생물을 퇴치하기 위한 무기를 개발하고, 질병에 맞서 적절하고 효과적인 전투를 치루기 위한 방법을 발전시켜나갔다.

사람들이 전쟁의 진정한 원인을 제대로 자각하지 못하고 있는 한 그 어떤 조약이나 협정, 두려움도 전쟁이 일어나 전 세계 혹은 그 일부를 잿더미로 만들어버리는 것을 막을 수 없을 것이다.

국가간의 전쟁은 민족주의 때문에 일어나는 것이 아니다.

정복욕 때문에 정복전쟁이 일어나는 것도 아니다.

시장을 넓히고 장악하기 위해 경제전쟁이 일어나는 것도 아니다.

이런 것들은 전쟁의 진정한 원인이 아니고 단지 구실에 불과하다.

세상에는 이런 전쟁 저런 전쟁이 있다지만, 그것은 그저 전쟁일 뿐이다. 이 죽음 저 죽음 하더라도 죽음은 그저 죽음일 뿐이듯.

전쟁은 죽음과 마찬가지로 하나의 생물학적 현상이다.

사람들이 전쟁의 진정한 속성을 발견하고 받아들일 수 있을 때만 전쟁을 제대로 파악하고, 그것을 누그러뜨리거나 억제할 수 있을 것이다.

전쟁은 인간이 생명체가 갖고 있는 균형의 법칙을 어겼을 때 일어나는 자기파괴의 과정이다.

법칙과 종 단위의 인간은 인간 개개인을 일일이 신경쓰지 않는다.

하지만, 화염에 휩싸이는 것은 바로 인간 개개인이다.

인간 종과 법칙으로부터 자신을 지켜야 하는 것은 인간 개개인이다. 그러나 인간 개개인이 자신을 지켜나가는 건 반항을 통해서가 아니다. 이는 참으로 부조리한 것이다. 어느 누구도 자연법칙에 거역할 수 없다. 가령 인간이 중력의 법칙을 거스를 수 없듯이.

개별 인간은 자연의 법칙에 복종하면서 자연을 지배한다.

그렇기 때문에 인간은 일어설 수도 균형을 잡을 수도 걸을 수도 그리고 날개를 발명할 수도 있는 것이다.

나는 인간 종의 움직임을 따라 여기 이렇게 실려온 존재이다. 마치 적혈구가 피의 흐름을 타고 우리 몸의 여러 세포를 돌아다니는 것과 같다. 인간 종은 생명계의 움직임에 의해 실려온 것이며 생명계의 법칙에 따른다. 그것은 마치 우리 몸속을 돌아다니느라 애쓰는데도 몸은 그 공로를 알아주지 않고, 몸 밖으로 나가면 아무것도 아닌 존재인 혈액과도 같다.

인간이 자신과 자신의 종을 구원하고자 한다면 생명이라는 이 커다란 몸속에서 자신이 존재하는 이유와 의미를 다시 찾아야만 한다.

생명이 스며 있는 이 몸속에서 인간 종은 어떤 역할을 하는가?

우리는 혈액인가? 간인가? 소화관인가? 영혼의 고상한 은신

처인가? 아니면 노폐물이 빠지는 구멍인가.

인간은 도구와 기계장치를 만들어내면서 나름의 수단을 갖췄다. 그런데 이 수단들은 처음에 자연 혹은 조물주가 인간에게 필요하다고 판단하지 않았던 것들이다. 어쩌면 이 발전 또한 예정되어 있던 건지도 모른다. 어쨌든 자기 역할의 한계를 깨뜨린 인간 종은, 자신이 섬겨야 하는 유기체를 희생해가며 자신만을 위해 살기 시작한 것 같다.

인간 종은 마치 암세포처럼 기형적으로 변해왔다. 인간 종은 암처럼 자가 증식하면서 동시에 자신을 고갈시켜 온몸을 파괴하려는 중이다. 물론 인간 종도 그 몸과 함께 사멸할 것이다.

인간 종이 사멸하지 않는다면, 즉 생명이 살아남게 된다면 적어도 무질서하게 혼재된 세포들은 정리될 것이다. 그리고 무력하게 맨몸으로 겨우 살아남은 인간은 처음 창조되었을 때처럼 자신에게 가장 알맞은 자리를 찾아내게 될 것이다.

무구한 사람들을 향해 벌어질 이 엄청난 유혈극을 피할 방법이 있기는 할 것이다.

인간이 도구와 기계를 사용한다고 해서 그것이 생명체에 반하는 범죄행위라든가 커다란 오류라고 할 수는 없다. 인간이 손과 도구와 지능을 본래의 목적과 다르게, 다른 생명체와의 균형과 조화를 고려하지 않고 오로지 자신의 수량적이며 물질적인 발전을 위해서만 사용할 때 인간은 과오와 죄를 범하는 것이다. 이는 암 세포가 증식할 때 보여주는 특성과 아주 흡사하다.

인간은 자신의 역할을 회복하면서 생존의 기회를 다시 찾을 수 있을 것이다. 그렇다고 인간의 맨몸에 기술 발전의 혜택을 부여하지 말자는 말은 아니다. 혜택을 부여하되 우주의 균형과 조화를 깨뜨리지 말아야 한다.

그런데 인간이 자신의 역할을 회복하기 위해서는 그 역할을 분명히 알아야만 한다. 창조의 순간에 인간의 역할이 무엇이었는지, 세상을 구성하는 요소 가운데 어디쯤 삶과 죽음의 주기가 놓여 있는지 일러줄 이는 누구인가? 어느 누가 인간이란 무엇이며, 인간이 왜 존재하게 되었는지 말해줄 수 있을까?

사제가 있다.

사제는 그런 일을 하기 위해 존재하는 사람이다.

사제는 창조주와 인간 피조물 사이를 잇는 존재다.

사제는 창조의 비밀과 구성과 기능을 알고 있다.

사제는 인간의 손을 잡고 인간이 왜 존재하게 되었는지, 생물이든 무생물이든 형제 같은 모든 존재와 더불어 우주 안에서 어떻게 처신해야 하는지 일러준다. 그러고 나서 인간을 이해와 깨달음의 길로 인도한다.

어떤 사제가 그럴 수 있을까? 그런 사제가 어디 있는가? 그런 사제가 있다면, 우리 모두 그에게로 달려가야 한다.

공놀이하듯 허둥대는 가엾고 초라한 신부와 뜻도 모를 소리만 읊어대는 가엾은 목사. 창조주와 창조에 대해 아는 바 없고, 피조물에 대해서도 아무것도 모르는 그들이 과연 이 모든 것을 해명할 수 있을까?

어떤 늙은 사제는 40년 동안 고해실에서 끽끽하는 소리와 삐그덕거리는 소리를 들은 뒤에야 비로소 인간이라는 기계가 어떻게 생겨먹었는지 알게 되었다고 한다. 하지만 세상 물정 모르는 신출내기 젊은 신부를 교구 사제로 앉혀놓으면, 그가 과연 인간의 고통과 소망, 미움, 사랑, 욕망, 자기 자신과 다른 사람들을 알 수 있겠는가?

어쩔 줄 모르고 허둥대는 가엾은 젊은 사제가 할 수 있는 일이라곤 사람들의 상처를 붕대로 감아주고, 그가 처방할 수 있는 유일한 약인 사랑을 준 후에 기도라는 모래밭 속에 자신의 머리를 감추는 것뿐이다.

개신교의 목사는 신도들에게 인간을 크게 능가하지 않는 신의 모습을 제시한다. 그 신에게 인간은 인간 대 인간의 입장에서 자신을 변명하며, 그 신은 우리가 왜 우리의 이웃을 도덕적으로 비난하고 싶어하는지를 아주 잘 이해한다. 개신교의 신은 성부라기보다는 성자에 가깝다. 인간의 몸으로 나신 하느님 예수인 것이다. 그는 신보다 인간에 가까우며, 사려 깊고 근엄하며 이해심 많은 인간적 존재다. 그는 사람들이 자기 자신에게 보이는 것 같은 배려를 모든 사람에게 보여준다. 그는 이웃에게만 엄하다.

가톨릭의 하느님은 선한 하느님이다. 손자들을 달래기도 하고 혼내기도 하는 약간 노망난 할아버지의 모습이다. 착하게 굴지 않으면 어떤 일이 일어날지 두고 보렴. 하지만 그분은 우리가 죽은 뒤 우리의 어리석음을 용서해주고, 우리를 그의 거처에 맞아들인다.

이것이 오늘날의 기독교가 신자들에게 제시하는 것이다. 우리의 고뇌와 알고자 하는 갈망에 주어지는 것이라곤 이처럼 어린애를 달래는 듯한 답이다. 우리의 허기를 달래주기 위해 주어진 것은 상인의 이름만 적혀 있는 구겨진 음식 봉지 쪼가리인 것이다.

생명체의 구성과 그 역할 사이에는, 생명체를 구성하고 있는 경이로운 것들과 그것이 만들어진 목적 그 끔찍함 사이에는 목을 죄는 듯한 모순이 존재한다.

우리의 정신은 겉모습이 불러일으키는 생각을 인정하려 들지 않는다. 그렇게 많은 경이로운 현상이 계획되고 만들어지고 서로 얽혀 있는 이유가 오로지 인간의 고통을 가중시키고 살인을 끊이지 않게 하기 위함이라는 것은 믿기 어렵다.

영원히 계속되는 치명적인 상처 위로 닫힌 생명의 그 가증스러운 순환과정이, 귀를 만들어내고 데이지꽃을 만들어낸 그분이 원한 목적이라고는 도저히 믿을 수 없다.

그 끔찍함을 누그러뜨리려는 심산에서 교회가 신을 그 순환과정에 포함시키려 한들 소용이 없다. 신을 인간조건에 묶어놓고 생명체가 겪는 고통과 죽음을 맞이하게 한들, 그리고 인간처럼 그를 살해하여 어린 양과 상추처럼 매일 미사에서 먹는다 한들 충분치 않다. 신의 죽음으로 어린 양의 죽음을 대속할 수는 없다.

그의 희생은 이 체계가 갖고 있는 모순을 더욱 강화시킬 뿐이다. 창조주는 가학적일 뿐만 아니라 피학적이다. 그리고 그가 만들어놓은 모든 것이 우리 눈에는 부조리한 건축물 같다.

그런데 인간의 지성은 부조리하지도 잔혹하지도 않다. 지성과 잔혹함을 연결해놓은 것은 저급한 문학이 꾸며낸 이야기에 불과하다.

영리하고 머리 회전이 빠르다 해도 악당은 결국 얼간이에 불과하다. 잔혹함의 원형인 악마는 몇백 년 동안 교활한 자로 불렸지 지혜로운 자라고 불린 적은 없다. 지성은 신을 가리키는 말이다. 따라서 생명체가 갖고 있는 잔혹함이나 부조리에는 분명 우리가 모르는 이유가 있을 것이다. 그런데 우리는 이 세상에 대해 아는 것이 하나도 없다. 왜 그렇게 만들어졌는지 전혀 모른다.

신은 선하지 않다. 이는 세상을 한 번만 둘러봐도 자명한 사실이다. 이 자명한 사실과 유치한 선교자들이 찬양하는 선한 신 사이의 모순 때문에 많은 무신론자가 생겨났다.

결국 선한 하느님이 교회를 텅 비게 만들었다. 아무도 하느님이 선하다는 것을 믿지 않기 때문이다. 유대인들의 신, 성난 야훼, 어린 양고기 굽는 냄새로 코끝을 살살 자극해야만 했던 복수심에 불타는 몰로크*는 피비린내 나는 살상을 주재한 신성적 존재를 형상화한 것이다.

잔혹함과 선함은 또한 인간의 특성이기도 하다. 하느님은 그

* 셈 족이 섬기던 신. 한때 이스라엘 민족도 이 신을 믿었다.

무엇에 대한 이미지다. 그것은 우리가 딱히 이해할 도리도 없고 이름 붙일 수도 없는 원리, 힘, 이데아, 정신, 의지이다. 우리는 인간의 빈약한 수채 물감으로 그 이미지를 채색할 생각은 하지 말아야 한다. 야훼가 자신을 섬기지 않는다는 이유로 유대 민족에게 내린 온갖 고초는 우주의 균형법칙을 어긴 인간들에게 내리는 형벌이었다. 심하게, 조금 심하게 몸을 기울이는 이는 반드시 쓰러지기 마련이다. 이는 인간 개인뿐 아니라 인간 종 전체에 대해서도 마찬가지다.

중력은 불균형을 용납하지 않는다.

반대로 기독교적 야훼의 관용은, 최후의 순간이라 할지라도 다시 서려고만 하면 쓰러지지 않을 수 있다는 것을 보여준다.

이럴 경우 중력이 균형을 잡도록 도와준다.

만약 하느님이 섬김만 받기를 원했다면 개만 창조했을 것이다. 섬기는 데 개가 인간보다 훨씬 뛰어나기 때문이다. 개는 굶주리고 학대받다 주인이 물에 던져도, 살아나오게 되면 주인의 발치에서 다시 사랑받기를 갈구한다. 이것이 바로 교회가 꿈꾸는 복종이 아닌가.

이처럼 신자는 그야말로 이기적인 마음 없이, 천국의 어느 한 자리를 차지하리란 기대 없이, 죽음에 대한 두려움 없이 하느님이라 불리는 그 모호한 존재를 향해 깊은 사랑의 감정을 불사른다. 아마도 신자에겐 그것만이 궁극일 것이다. 하느님은 섬김을 받기에 늘 부족함이 없는 존재이다.

하지만 그가 모시는 하느님이란 존재는 절망적으로 아버지의 손을 잡고자 소망하는 유아적 정신의 산물일 뿐이다.

어떻게 이름지을 도리가 없는, 우리가 하느님이라고 부르는 그분은 우리가 알 수도 정의할 수도 없는 그 무엇이다. 그 존재는 감성적이지도, 정의롭지도, 선하지도, 악하지도 않다. 그는 무엇이라 지칭할 수 없는, 무엇이라 한정지을 수 없는 존재이다.

각 종교가 신에 대한 찬양을 요구하는 까닭은, 이 세상이 창조될 때의 균형과 질서에 한순간의 빈틈 없이 완벽하게 합치하기 위해서이다. 인간 아닌 모든 것은 그냥 따라간다. 하지만 맹아적 형태나마 의식을 갖춘 인간은 자신의 의지에 따라 거기에 참여하거나, 아니면 몰락을 감수하고 이탈한다.

인간은 그렇게 태어났기 때문에, 인간 그 이상일 수 없기 때문에 선한 행동과 악한 행동 사이에서 선택한다. 아마도 그것이 원죄의 의미일 것이다.

물론 그것은 기독교인이냐 파푸아뉴기니인이냐에 따라 달라지는 다양한 문화의 도덕기준에 따라 구분되는 선과 악이 아니다. 우리가 말하는 것은 창조의 차원에서 선하거나 혹은 악한 행위다.

하지만 오늘날의 인간은 더이상 선택의 여지가 없다. 이제 인간은 선이 어디에 있는지를 알지 못하기 때문이다. 사람들은 도덕, 정치, 법률, 사회, 가정, 종교에 따라 다양한 선을 이야기하는

데, 정작 본질적인 선은 거기에서 빠져 있고, 인간은 그것이 존재한다는 것조차 모르고 있다. 이제 인간은 창조의 질서에 따르지 않는다. 질서라는 것이 존재하는지, 그 질서 속에 자신이 어떻게 놓여 있는지 모르기 때문이다. 인간은 그 질서에 따르지 않고 존재함으로써 더욱 혼란을 야기하고 있다.

각 종교의 신은 진리의 상징적 이미지이다.

성전(聖典)은 창조주가 누구이고 그가 어떻게 세상을 창조했는지, 창조주가 자신의 창조행위에 대해 어떻게 이야기하고 왜 창조를 했는지, 그리고 그에게 피조물은 어떤 의미를 띠고 전체 안에서 각각의 피조물의 자리는 어디인지 자세히 밝힌다.

물론 이런 이야기들은 상징언어 체계에서 말해진다. 그럼에도 사람은 그것을 문자 그대로 받아들이는 커다란 오류를 범하고 있다. 그리고 상징의 의미는 사람이 그 언어를 안다면 의미가 자명해질 터이지만, 그렇지 않다면 이해하기도 어려울뿐더러 아예 추측조차 불가능해진다.

한편 각각의 상징은 여러 방식으로 해석될 수 있으며, 그렇게 해석된 각각의 의미는 그것을 해독하는 상황에서 보면 모두 참일 수밖에 없다.

하나의 상징에 따라붙는 모든 의미 중에는 다른 의미들이 비롯되는 주된 의미가 있다. 우리는 그것을 통해 다른 문화권의 상징을 이해할 수 있다.

성전을 술술 읽어내려가기 위해 우리는 이러한 기본적 의미의 집합을 알아야 한다. 그것이 없다면, 성전은 우리에게 영원히 미지의 것으로 남게 된다.

그렇다고 성전이 우화라는 것은 아니다. 모든 역사적 사건, 삶, 행위, 길, 풀잎, 돌멩이 등이 그 형태나 공간과 시간 속에 처해 있는 양상을 보면, 그 안에는 본래의 것 이상의 의미가 담겨 있으며 우리는 그것을 읽어낼 수 있다.

하지만 그것을 읽어내기 위해서는 그 방법을 배워야 한다.

누가 가르쳐줄 것인가?

사제들이다.

사제들이 존재하는 이유가 바로 그것이다.

사제들은 알파벳을 풀 열쇠를 전수받은 뒤, 그것을 다시 전수하는 임무를 띠고 있다.

그런데 불행히도 사제들은 도중에 그 열쇠를 잃어버렸다.

종교는 마치 아버지 심부름으로 마을 저쪽에 소식을 갖고 가는 어린아이와 같다. 아이는 아버지가 전하는 말을 잊지 않고 정확하게 전달하기 위해 그것을 암기한 뒤 길을 가면서 수없이 되뇐다. 하지만 호흡과 발걸음에 정신이 팔려 그만 전언의 마침표도 흘리고, 쉼표도 흘리고, 단어도 빠뜨린다. 어쨌든 마침내 수신자에게 소식을 전하지만, 오는 동안 전언은 이미 뒤죽박죽이 되어 철자도 맞지 않고 의미도 없는 음절의 나열이 되고 말았다.

하지만 전언의 내용은 그 안에 다 들어 있다. 귀만 잘 기울이면 단어를 다시 찾아내서 문장을 짜맞추는 일이 가능할지도 모른다. 불가능하지는 않을 것이다.

자세히 들어보면 세상의 모든 종교가 같은 이야기를 하고 있음을 알 수 있다. 마치 모든 인류가 동일한 앎과 동일한 확신을 갖고 태어난 것 같다. 하지만 그 앎과 확신은 성경에서 바벨탑 일화를 통해 비유적으로 묘사한 것처럼, 혼란과 분열이 일어나면서 깨지고 만다.

"어서 도시를 세우고 그 꼭대기가 하늘에 닿게 탑을 쌓자."

창세기에 나오는 이 구절은 인류의 긴 진화 과정과, 자연의 계층 분포에서 자신이 차지하고 있는 것보다 더 월등한 상태에 도달하기 위한 인류의 욕망을 함축적으로 보여준다. 도대체 어떤 수단으로? 과연 그들은 물질적, 생물학적, 정신적 차원에서 하늘에 닿으려는 시도를 한 것일까? 그런 흔적은 보이지 않는다. 다만 그들이 단일민족이었으며 같은 말을 썼다는 정도의 사실만 전해져오고 있다. 이로 미루어볼 때, 그들이 어쩌면 같은 내용의 앎을 가졌다는 생각을 해볼 수 있다.

어떤 이는 그들의 시도가 성공했을 수도 있다는 말을 한다. 사물의 질서인 야훼 자신이 그들에 대하여 이런 말을 했기 때문이다. "이후로는 그 경영하는 일을 금지할 수 없으리로다."

그런데 인간은 초조함 때문인지 아니면 야망 때문인지 자신의 인간적 조건을 망각하고 근본법칙을 계속 어기며 나아간다.

우주 비행사는 공기와 식량을 챙기고, 추위, 열기, 방사선, 쇼크, 피로, 정적, 빛과 같은 모든 비인간적 조건으로부터 자신을 보호함으로써만 인간적 주거 형태를 벗어나 다른 행성으로 갈 수 있다. 정신적 영역에서도 마찬가지일 것이다. 인간이 인간 이상의 존재가 되려면 자신이 인간이라는 사실을 잊어서는 안 된다.

법칙을 어기면 그 법칙이 물리적인 것이든 생물학적인 것이든 아니면 정신적인 것이든, 그에 대한 필연적 대가를 치르게 된다. 야훼가 말한다. "자, 내려가자."

이 "내려가자"는 말은 무시무시하게 들린다. 이카루스와 성운을 떨어뜨리는 만유인력의 법칙이나 아인슈타인이 그렇게 찾아 해맸던 통일장 이론의 목소리와도 같다.

"우리 내려가서 거기서 그들의 언어를 혼란하게 하여 그들이 서로 알아듣지 못하게 하자."

혁명인가? 내전인가? 아니면 점진적 쇠락인가? 어쨌든 하늘에 닿겠다는 계획을 세운 문명의 사회조직은 조각나서 부패하고, 결속은 와해되고, 구성원은 사방으로 흩어져버린다.

야훼는 그들을 사방으로 흩어버렸다.

그렇게 흩어진 인간은 민족, 국가, 심지어는 개인 단위로 자신의 언어를 사용하기 시작했으며 더이상 다른 이의 말을 알아들을 수 없게 되었다. 진리를 의미하는 최초의 언어는 인간의 기억에서 사라졌다. 그 자체로 지시체였던 태초의 말씀은 그저 내뱉은 말이 되어버렸다.

찻잔을 두고 둘러앉은 여인들을 보라. 시장의 진열대 앞에 서 있는 여인들을 보라. 그들은 시선을 고정하고 숨 돌릴 틈도 없이 자신의 이야기를 계속 하면서 남의 말은 한마디도 듣지 않는다. 그들은 살아 있음을 확인하기 위해 말하는 것이다, 그뿐이다. 국제연합에서 보이는 모습도 그와 다르지 않다.

이렇게 다른 언어로 나뉘어 있긴 하지만, 모든 인류에게는 잃어버린 앎, 하늘에 닿을 수 있게 해주던 앎에 대한 정체 모를 향수가 남아 있다. 다양한 언어가 공통으로 내포하고 있는 뿌리 속에는 단일 언어의 근본 뿌리가 남아 있다.

앎은 완전히 잊혀지지는 않은 것 같다. 앎은 종교가 싹트는 폐쇄된 공간 안에서 구전으로 계속 전해진다. 종교는 책, 도그마, 의식, 성전 건축을 통해 분명하면서도 이해하기 어려운 상징의 형태로나마 진리를 보여주고 있다. 그 뒤에서 성직자들이 세대를 거치면서 진정한 앎을 전수하고 있다.

왜 비의(秘義)를 지향하는 것일까? 새로운 세대의 인간들이 그러한 앎을 제대로 받아들이고 소화하기 어렵다는 판단 때문일 것이다. 그럴 수 있다. 모든 사람이 양자역학을 이해하거나 공학자가 된다는 것이 불가능한 것처럼 말이다. 하지만 시도는 해볼 수 있다. 몰래 무슨 버전을 전수하듯 수학을 가르치는 법은 없다. 누구나 2 더하기 2는 4라는 것에서부터 시작한다. 그 이상 이해하기 어려운 사람들은 공부를 그만둘 것이다. 그리고 그 이상으로 넘어갈 수 있는 사람들은 공부를 계속해서 회계사가 되거나 기술자가 되거나 아니면 노벨상을 수상할 수도 있을 것이다.

2 더하기 2에서 그만둔 사람은 수학에서 배워야 할 것이 많다는 것을 알고 있다. 그리고 자신은 포기했지만 다른 사람들은 앞으로 더 나아간 그 길이 수염 난 유령들이 출몰하는 놀이공원이 아니라는 것도 잘 안다.

이해하지 못함을 쉬쉬할 필요가 없기 때문에, 우화 형태로 된 정리(定理)를 믿도록 강요받지 않았기 때문에, 그리고 구름 위에 계시는 대수(代數) 하느님 아버지를 섬기도록 강요받지 않았기 때문에 그는 이해할 수 없음을 굳이 부인하려 들지 않는다. 오히려 그는 수학에 대해 올바른 믿음을 가질 수 있다. 이해해보려고 달려든 적이 있기 때문이다. 비록 큰 성과는 없었지만, 시장에 가거나 카드놀이를 할 때 써먹을 수 있다. 탕카르빌*의 다리를 건너면서 그는 토목공학도가 가질 깊은 희열을 느낄 수는 없을 것이다. 토목공학도는 그 다리가 미학적으로 완성도가 높고 정교한 수학의 걸작품이라는 것을 단번에 알 수 있겠지만, 그것을 모른다고 해서 다리를 이용하는 것이 불편하거나 그 다리가 멋지다는 것을 모르지는 않는다. 그리고 그 다리 덕에 기름값과 시간을 아낄 수 있다는 계산을 못 하지도 않는다. 수학은 그가 이해할 수 있는 능력만큼 그의 앎과 행위와 감정의 일부가 된다. 그러면서도 그는 수학이 그의 이해 너머에 있다는 것을 누구보다 잘 안다.

만약 종교가 수학과 같은 역할을 해왔다면, 신을 이해하는 데도 위와 같은 현상이 벌어질 것이다. 우리는 각자 능력만큼 신을 알 수 있을 것이다.

나의 육신의 균형과 영혼을 통해, 모든 본능과 이성으로 철저히 믿어 의심치 않는 것이 있다. 신에 대한 진리가 과학적 진리보

---

* 프랑스 오트노르망디 주 센마리팀 현에 있는 읍. 길이 1,410m의 다리로 유명하다.

다 더 신비로운 것은 아니라는 것이다.

하지만 우리는 하느님과 인간 사이에 쳐놓은 전략적 장막 같은 향 연기에 중독되어 있다.

우리는 모두 우상 숭배자거나 우상 파괴자이다. 모든 지적 노력을 기울여 우리를 현재의 모습으로 만든 문명이 다양하게 포장해놓은 신에 대한 관념들을 쓸어버리려는 이들도 마찬가지다. 사람들은 하느님이라는 말에 맹목적이거나 부정적인 반응을 보인다. 우리는 우리 자신을 떨쳐버릴 수도, 신에게서 우상숭배를 떨쳐버릴 수도 없다.

지성은 지난 수천 년 동안 사원 밖에 머물러 있어야 했다. 수천 년 동안 종교는 인간에게 앎보다는 믿음을 요구했다. 유일하게 인간에게 허용된 지식의 형태는 바로 내면의 계시라 할 수 있는 직관적 지식이다. 그것은 무리한 요구다. 음악에서도 마찬가지다. 파스칼은 수학을 배우지 않고도 수학을 이해했다. 모차르트도 마찬가지다. 하지만 수학이나 음악 혹은 신을 이해하는 데 파스칼이나 모차르트 같은 사람이 몇 명이나 될까?

끊이지 않는 고통을 안고 사원을 찾아드는 무수한 사람이 길을 찾을 가능성은 없다. 사람들을 하느님에게로 인도해야 할 의식, 형태, 행위, 말 등은 오히려 사람들을 찬양과 두려움의 막다른 길로 몰아가고 있다. 그들이 들은 말의 의미를 정확히 풀어줄 사람은 이제 존재하지 않는다. 이미지의 힘으로 진리를 전수하던 사람들은 세월이 흐르면서 오히려 이미지를 믿지 않게 되었다. 그리고 다른 사람들에게도 그 이미지를 믿으라는 말밖에 하지 못하는 지경에 이르렀다. 너무 꼭꼭 숨겨둔 앎은 오히려 그 때문에 숨이 막혀 죽어버렸다. 하지만 진리에 다시 생명을 부여할 수 있지 않을까? 잔해를 치우고 벽을 허물어 기력이 소진된 진리를 환한 바깥으로 끌어내 인공호흡을 하면 되지 않을까?

진리가 다시 살아난다면 어떻게 인간에게 전해질 수 있을까? 사람들에게 그 앎이 어떤 것인지 알려줄 이는 누구인가? 인간이 잊고 있던 그 모든 것을 알려줄 이는 누구인가?

대부분의 종교에서는 계시를 언급한다. 창조자의 앎을 직접 피조물에게 전달하는 것, 이 전언이 바로 계시이다.

이런 전달 과정을 어떻게 그려볼 수 있을까?

제우스는 구름 속에서 천둥을 쳤다. 야훼는 불타는 덤불숲과 시나이 산 정상에서 말했다. 예수는 산 위와 물가에서 말했다. 부처는 나무 아래서 말했다.

이는 모든 종교의 가르침에서 아주 낯익은 모습이다. 그런데 우리는 우리에게 제시되는 단순한 모습을 그대로 받아들이는 것을 경계해야 한다. 그러나 단순함 때문에 그 모습을 거부해서도 안 된다.

신은 덤불숲 속에서, 산 위에서, 강가에서, 하늘 저 높은 곳에서 말한다. 신은 창조하는 중에도 말한다.

창조자가 피조물에게 주는 전언은 창조 그 자체이다. 그 피조물이다. 그것이 계시다. 창조자의 행위다. 만들어진 것은 바로 이렇게 세상에 모습을 드러내는 것이다. 분명한 것은 세상의 진정한 진리는 세상 그 자체라는 것이다. 인간의 진정한 진리는 바로 인간 그 자체이다. 전언은 우리 안에 그리고 우리 주변에 있다. 그것을 읽어내기만 하면 된다.

우리는 책을 읽고 있는 아이와 같다. 눈으로 보고 책장을 넘기면서 문장을 좇아가기는 하지만, 정작 그 책의 내용을 파악하지는 못한다. 우리에게 읽는 법을 가르쳐주는 사람이 더는 없기 때문이다.

뜻을 모른다는 답답함에 우리는 성전의 기호들을 부지런히 따져보고 비교하고 분석한 끝에 마침내 문자를 가려내고, 단어를 골라낼 수 있었다. 하지만 그 기호들의 의미는 여전히 알 수 없었다. 그러다가 어휘를 조금씩 쌓아가면서 세상이라는 구문에서 법칙을 끄집어냈다. 우리는 올바른 문장을 만들 수도, 창조의 모든 장(章)을 재구성할 수도 있을 것이다. 그러나 단어를 사용하고 조합하면서도 가장 단순한 어휘의 의미조차 알지 못하고 있다.

계시와 창조는 떼려야 뗄 수 없다. 창조는 총체적이고 영원히 계속되는 현상이다.

창조의 첫째날은 아직 끝나지 않았다. 우리는 아직 첫째날의 여명 속에 있는 동시에 일곱째 날의 황혼 속에 있다. 연속적인 것은 동시적이다. 이는 일견 모순돼 보인다. 우리의 정신은 시간을 범위로 파악하는 것이 아니라 흐름으로 파악하기 때문이다. 그것은 우리의 몸이 공간의 한 방향으로만 이동하는 것과 비슷한 현상이다. 이 때문에 다른 이들도 존재할 수 있는 것이다.

창조는 현재다. 계시 역시 그렇다. 모든 것이 매 순간 이루어지고 있다. 모든 것이 우리에게 말해지고 영원히 반복되고 있다. 하지만 우리는 더이상 귀를 기울이지 않는다.

앎의 시기는 모든 인간이 그 소리를 들을 수 있는 때였다.

그러고 나서 믿음의 시기가 왔다. 소리를 듣는 자들이 듣지 못하는 자들에게 믿음을 가지라고 호소하는 시기이다.

오늘날은 혼란의 시기다. 소리를 들을 수 있는 사람은 아무도 없고, 세상 사람들은 아무것이나 믿는다.

명백함의 시기가 와야 할 것이다. 2 더하기 2는 4가 되는 것처럼 신은 우리에게 모습을 드러내야 할 것이다.

몇 년 전 영국의 학자 프레드 호일이 제시한 새로운 우주 모델이 커다란 반향을 불러일으켰다. 그의 이론에 따르면, 창조는 계속되며, 수소원자는 진공으로부터 매순간 도처에서 솟아난다는 것이다. 수소는 물질을 구성하는 기본 원소 가운데 하나이고 우주는 무에서부터 부단히 만들어지고 있다는 것이다. 학계가 그의 이론을 받아들일 무렵, 정작 호일 자신은 최근 밝혀진 몇몇 우주현상이 자신의 이론의 문제점을 드러내었다고 판단하고 이를 포기했다. 나중에 그나 다른 사람이 이 이론을 다시 취할 수도 있고, 이 가설이나 다른 가설을 증명할 수도 있을 것이다. 그런데 호일의 가설은 우주의 극히 작은 일부분, 우리 양손 끝의 수십억 광년에 관한 것일 뿐이다. 그것은 우리 집보다, 호주머니보다 크지 않다.

수천억 광년에서 다시 수천억 광년을 가더라도 우리 인간의 사고는 우주 전체에서 먼지 한 톨 정도밖에 안 된다. 이 우주 전체는 태초에 이미 그 모습을 갖추기 시작했다.

기하학에서 점이라는 단어가 공간성을 지니지 않은 것을 의미하듯, 여기에서는 시간성을 가지지 않은 것을 의미하는 단어가 필요하다.

태초에 시간은 시간 아닌 것에서부터 비롯되어, 과거와 미래를 향해 흐르기 시작했다. 시간이라는 것 때문에 우리는 태초 이전에 과연 무엇이 있었는지 자문해보게 된다. 시간 속에 사는 인간의 정신에는 항상 이전(以前)이 존재하기 때문이다. 그러나 시간은 세상이 비롯되면서 시작되었다. 그러므로 시간이 시작되기 전에는 이전이라는 것이 없었다.

신은 시작이 없는 존재이다. 진리도 시작을 가지고 있지 않다. 2 더하기 2는 4이다. 이것은 하나의 진리다. 시작 전에도 참이고 모든 것이 끝난 후에도 참이다.

그러나 시작이 있고 난 후 이전과 이후, 시간과 공간 그리고 우주가 존재하게 되었다.

우주는 도처에 존재하면서 무한을 차지하려는 경향이 있다. 하지만 무한은 무한하기에 완전히 채워질 수 없다. 그러므로 우주는 팽창 상태에 있다. 우주의 모든 점은 일정한 속도로 서로 멀어진다.

이 무수한 점 중에서 하나를 중심점으로 고정해놓으면, 중심점에서 사방으로 퍼져나가는 점들의 일정한 속도가 가속도를 만들어내게 된다. 천체물리학자들은 이러한 현상을 잘 알고 있었고 그것을 수식으로 나타내기까지 했다. 최근에 발견된, 상상을 초월하는 거리에 위치한 은하계들은 빛에 가까운 속도로 우리에게서 멀어지고 있다. 이 은하계들이 빛의 속도로 멀어지기 시작해도, 그것들로부터 발산되는 것은 빛이든 파장이든 아무것도 우리에게 전해지지 않을 것이다. 그 은하계들은 우리가 사는 이 세계와 우주로부터 사라질 것이며, 어떠한 방법으로도 그 은하계를 감지할 수 없게 된다.

실제로 우리에게 그 은하계들은 무 속으로 들어가는 것과 같다. 아인슈타인의 공식에 따르면, 그 은하계들은 에너지로 전환되면서 완벽하게 무로 돌아간다. 하지만 그렇게 되기 위해서는 속도가 절대현상이 되어야 한다. 하지만 속도는 상대적 개념에 불과하다. 속도 자체라는 것은 존재하지 않는다. 우주에 물체의 속도란 것은 없으며 속도는 오로지 다른 물체와의 관계에서만 측정되고 정해진다. 모든 물체가 그렇다. 가령 우리는 로켓을 V의 속도로 지구로부터 쏘아올렸다고 말한다. 그런데 로켓은 가만히 있고, V의 속도로 지구가 로켓으로부터 멀어진다고도 말할 수 있다. 로켓으로부터 사방으로 우주가 속력을 내며 멀어진다고도 말할 수 있다. 이것을 보면 그 유명한 랑주뱅의 역설*이 전제부터 잘못된 것이며, 그가 내린 결론이 왜 터무니없는가를 알 수 있다.

만약 우리가 종종 그러듯 지구를 우주의 중심으로 여긴다면당신이 이 글을 읽는 지금 이 순간, 이 책과 당신의 손으로부터 수천억 광년 떨어진 한 은하계가 우리의 기준에서 빛의 속도로 우리의 세계로부터 사라져 무로 들어가버릴 것이다.

하지만 그 은하계 역시 우주의 중심이다. 그 은하계에서 볼 때 그 순간 극한의 속도에 이르러 사라지는 것은 바로 우리 자신과 지구와 태양과 은하수일 것이다.

그 은하계와 우리 사이에는 또다른 중심이 존재하는데 그 중심으로부터 우리와 은하계는 동일한 속도로 멀어지며, 그 중심 역시 우리와 은하계로부터 같은 속도로, 하지만 반대 방향으로 멀어진다. 우리에겐 그 점이 우주 끝의 은하계 쪽으로 향하는 것처럼 보이고, 우주 끝의 은하계에서는 그 점이 우리 쪽으로 향하

---

* 쌍둥이 역설. 쌍둥이 형제 중 한 명이 광속에 가까운 속도로 비행하는 우주선을 타고 우주여행을 떠나면, 지구에 남아 있는 형제의 시간보다 우주여행을 하는 형제의 시간이 더 느리게 가며, 여행 간 사람이 돌아오면 지구에 남은 사람은 나이가 많이 들었지만 우주여행을 하고 온 사람은 거의 나이를 먹지 않았을 거라는 가설.

는 것처럼 보인다. 그 점의 오른쪽에 있는 점들에겐 그 점이 왼쪽으로 멀어지는 것처럼, 왼쪽에 있는 점들에겐 그 점이 오른쪽으로 멀어지는 것처럼 보일 것이다. 그리고 아래쪽에 있는 점들에겐 그 점이 위로 향하는 것처럼, 위쪽에 있는 점들에겐 그 점이 아래로 향하는 것처럼 보일 것이다. 이 모든 움직임은 실제로 일어나고 있다.

우주의 각 점들은 움직이지 않는 동시에, 전속력으로 사방으로 움직이고 있다.

우주는 각각의 점에서 볼 때는 움직이지 않지만, 전체적으로는 팽창중이다. 우주는 팽창하면서 도달한 모든 점에 이미 퍼져 있다. 우주는 공간을 다 차지했지만, 팽창을 멈추지 않는다. 만일 우주가 움직이지 않고 가만히 있게 되면 한계에 다다를 것이다. 무한에는 한계가 없다. 한계가 없는 광대무변의 우주는 무한을 차지하고 있지만, 그것을 완전히 채울 도리는 없다. 무한을 채울 수 있는 것은 없다. 우주는 영원히 끊임없이 팽창하고 있지만, 결코 자신의 한계에 도달하지 못할 것이다. 우주는 이미 도처에 존재하기 때문이다.

우주는 태초에 창조되었지만, 그 태초는 영원하다. 우주는 물질이며 에너지이고, 공간이자 시간이다. 전자(電子)에서 데이지 꽃에 이르기까지, 하나의 조약돌에서 은하계에 이르기까지 우리의 타고난 혹은 확장된 감각에 포착되는 것, 그리고 우리의 지성이 그 편린을 파악할 수 있는 것이라면 모두 우리의 우주다. 우주는 우리에게 그 명백한 모습을 드러낸다.

소우주에서 대우주에 이르기까지 우주에 속한 각각의 요소들은 메시지를 담은 단어들이다. 원자와 분자, 열매와 줄기에 달린 잎사귀, 피와 뼈, 중력과 낙하, 별과 은하수와 같은 단어들 사이의 관계를 보면 하나의 총체적 의미가 그 안에 있다는 것을 알 수 있다. 그러나 우리는 세부사항을 통해서도 그들간의 균형을 통해서도, 전체에 대한 확신을 통해서도 이 의미를 알아낼 수 없다.

어린 싹, 한 움큼의 흙, 한 무리의 군중, 작은 고양이, 여름별의 의미를 헤아려보는 노력을 통해 단순하나 심오한 방식으로 앎이라는 것에 도달할 수 있을지도 모른다. 우주는 분명한 어조로 끊임없이 써내려가는 한 권의 책과도 같다. 인간 자신이 그 책 속의 한 단어, 한 문장, 한 장(章)이지만, 인간은 더이상 자신에 관해

적힌 페이지도 읽을 줄 모르며 다른 페이지는 말할 나위도 없다. 인간은 동물적 육신을 통해 창조라는 거대한 물결에 끊임없이 쓸려갈 뿐이다. 그는 그 흐름 속에서 저쪽 편에 닿기도 하고, 이리저리 끌려다니기도 하는 물 한 방울에 지나지 않는다. 인간의 모든 세포는 그 안에 존재한다. 하지만 인간의 정신은 자신이 이러한 구속에서 벗어나 있으며 자신이 원해서 이 물결의 흐름에 올라탄 것이라고 믿었다. 그리고 인간은 그 흐름의 방향을 놓쳐버렸다. 이제 인간은 어디를 향하는지도 모르고 끊임없이 그 흐름에 쓸려다니고 있을 뿐이다.

인간은 새로운 문자를 만들어내면서 우주의 문자를 잊었다. 인간은 학문을 발전시키면서 그 앎을 잃어버렸다. 인간의 모든 주의력은 사물의 겉모습에 쏠려 있고, 정작 사물의 의미에는 무지하다. 인간은 손가락으로 글자의 형태를 따라가긴 하지만 읽을 줄은 모르는 호기심 많은 아이와 같다. 인간은 존재하는 것을 자세히 살펴보기 시작했지만, 그것이 존재하는 이유에 대해서는 알지 못한다.

수소원자는 태초에 만들어졌을 수도 있고 지금도 여기저기서 만들어지는 중일 수도 있다. 수소원자는 진공에서 나왔을 수도 있고, 원자를 구성하고 있는 입자들은 시공을 초월한 최초의 영구 불변의 물질에 부여된 형태일 수도 있다. 그 근원과 만들어진 과정에 대한 의문이 어떠한 것이든 우리의 우주는 수소원자로 만들어졌다. 모든 물질은 수소에서 나온다. 반짝이는 별, 광물이 존재하는 행성, 물과 흙이 있는 지구는 모두 수소에서 비롯되었다. 그리고 생명활동을 시작한 작은 세포는 지구의 땅속에 깊이 뿌리를 내리면서 나무로 자란다.

무는 변해서 원자가 된다.

원자는 물질로 변한다.

물질은 생명으로 변한다.

나무의 뿌리가 흙을 먹고, 무기력하던 물질은 생동감 있는 물질인 꽃이 되고, 수액이 되고 향기가 된다.

동물은 식물을 먹고, 씨앗과 나뭇잎을 먹고, 물질은 날개가 되고 피가 되고 눈이 된다.

인간은 식물과 동물의 살을 먹고 그 물질은 사고(思考)가 된다.

그 다음은 무엇일까?

어떤 존재가 될까?

무엇이 인간을 양식으로 취할까? 우리의 기쁨, 사랑 같은 것이 그 안에서 소화되면 무엇으로 변할까?

오늘날의 인간이 성인이 되면 나름의 추론을 할 수 있게 되어 유치해 보이는 신이라는 존재를 믿지 않게 된다. 그 이름의 진짜 의미가 무엇이었는지 이제는 알 도리가 없다.

창조라는 건축물의 의미와 자신이 처해 있는 공간의 의미, 그리고 살아서 그가 성취하려고 하는 일에서 의미를 상실한 인간은 미친 듯이 자신의 존재이유를 찾아 헤맨다. 인간은 주변을 둘러보지만, 보이는 거라곤 질서도 정당한 근거도 없이 마구 뒤섞여 있는 두려움과 경이로움뿐이다. 이처럼 피와 황금이 뒤섞인 안개 속에서 인간은 무언가를 읽어낼 수도 있을 것이다. 하지만 인간은 암호를 잊어버렸다. 그의 눈에는 모든 것이 지리멸렬하고, 고통은 결코 누그러질 것 같지 않으며, 경이로움도 무가치하게 보인다.

인간에게는 오직 하나의 확실함이 있다. 그것은 바로 자기 자신이다.

인간은 자신의 육체적 정신적 실존에 대해 막연히 인식하고 있다. 인간은 자신에 관해서 거의 무지하지만, 스스로 살아 있음을 느낀다.

인간은 자신을 호흡하고, 자신을 소화하고, 자신을 안다. 아니, 안다고 믿는다. 기뻐하고 슬퍼하는 나라는 존재가, 적어도 태어나서 죽을 때까지 존재하고 있음을 안다.

그래서 그는 자기 자신이 존재함을 믿기 시작한 것이다.

하지만 그의 믿음은 멀리 가지 못한다. 그의 죽음에서 끝이 나기 때문이다.

오늘날의 인간은 바로 이런 막다른 상황에 빠져 있다. 심연의 벽에 얼굴을 박고 있는 것이다. 그 위로 기어오르거나 벽에 구멍을 내려고 보니 손톱은 헐고, 손가락에서는 피가 흐른다.

그래도 절망보다는 낫다. 어쩌면 그 심연의 벽을 넘어설 수 있을지 모른다. 막다른 길이 새로운 길의 시작일 수 있기 때문이다.

우리는 이 공간과 시간의 거주자들이다. 우리는 이 공간과 시간에서 살며, 밖으로 나가는 법 없이 그 안에서 일을 수행한다. 우리는 출입구 없는 공장의 노동자, 잡역부, 기술자들이다. 우리는 늘 그 안에 있다. 우리는 그 안에서 태어났다. 우리는 그 공장을 누가, 왜, 어떻게 세웠는지 모른다. 우리는 이 공장이 무엇을 만드는 곳인지도 모른다.

운명을 좀더 낫게 만들어보려고 우리는 최초의 일들을 수행하기 위해 만들어진 기계들에 임의로 조작을 가한다. 그리고 장애와 혼란을 일으키면서 몇몇 기계를 파괴하고 새로운 기계를 만든다. 그러나 공장의 체계와 최종 생산물에 어떤 파급효과가 미칠지는 알지 못한다. 중요한 것은 그 공장에서 우리가 입고 먹고 잠자기 위해 우리가 사용하는 물건을 만들어낸다는 것이다. 그렇게 하면서 우리는 점점 기계장치에 열중하게 된다. 그리고 우리는 그 공장이 어떻게 돌아가는지 꼭 알고 싶어한다. 공장이 왜 돌아가는지에 대해서는 관심이 거의 없다. 우리가 관심을 쏟는 것은 수단이지 목적이 아니다.

규율이 엄한 학교에서는 공장의 전반적인 목표를 수행할 전문가들을 길러낸다. 각자 자신의 자리에서 핸들, 피스톤, 톱니바퀴, 볼트, 나사못, 압착기, 녹로, 축대, 실린더, 날름쇠, 터빈의 수를 세기도 하고, 빗자루의 손잡이를 조이고 있는 나사의 나선 피치를 측정하기도 하고, 전선을 확인하기도 한다. 기계장치의 일정한 인과관계를 기록해두었다가 기계가 작동하는 원칙을 찾아내기도 하고, 회전자의 속도를 줄여 기계를 천천히 움직이도록 만들면 동력 해머가 정확히 작동할 수 있다는 것을 알아내기도 한다. 그들은 각각의 나사에 이름을 붙이고, 크기와 무게, 평면도상의 위치, 그리고 다른 나사와의 공통점과 차이점을 카드에 기록한다. 그리고 그것의 금속 성분을 분석하고 분자를 조사해서 비슷한 분자를 생산해내기 위해 거대한 기계를 만든다. 엄청난 지력과 노력, 물자를 동원하고 운이 따른다면 나사 전체를 만들어낼 수 있을지도 모른다. 공장을 돌리는 힘은 어디에서 나오는 것일까? 목록 작성자들조차 우리에게 답할 수 없고, 사실 그건 우리에게 중요한 문제도 아니다. 왜냐하면 그들은 소소한 필요를 위해 그 힘을 어떻게 사용해야 하는가를 우리에게 가르쳐주었기 때문이다.

공장은 무엇을 만들어내는가? 우리가 걱정할 바 아니다. 기계를 조립하는 방법과 그것을 돌리는 방법을 더 잘 알면 알수록 우리는 더 바랄 것이 없어진다. 우리는 이 기계에서 저 기계로 넘어갈 때 최초의 물질이 무엇으로 변하는지에 관심이 없다. 이 연쇄고리의 끝은 벽 다른 편으로 이어져 있다. 하지만 우리가 관심을 두는 것은 이쪽 편이다.

풀잎이 되고, 고기가 되고, 사람이 되고, 정신이 되는 한 줌의 흙은 무엇인가?

벼와 식물의 줄기에 몇 개의 꽃잎이 열리는지, 되새김질 동물의 위 네 개가 얼마나 큰지, 그리고 파스칼의 뇌에서 비롯된 신경물질이 『팡세』를 쓰고 있는 손에 도달하는 데 시간이 얼마나 걸리는지를 아는 것은 별로 중요하지 않다.

그런데 공장을 세운 이는 누구인가?

공장을 세운 이는 없다. 우리가 세상에 나왔을 때 공장은 이미 있었기 때문이다.

공장을 세운 이를 누가 보았겠는가?

그럼에도 다음과 같은 사실을 확신하는 사람들이 있다. 공장이 세워지기 전에는 그냥 빈터뿐이었는데, 감독관 나리가 나타나서 손뼉을 치니 공장이 생겨났다는 것이다. 그러고 나서 그는 직공들에게 일을 시작하시오! 자, 어서! 하고 말했다는 것이다.

주의하라! 우리 눈에 보이지는 않지만 그는 항상 거대한 굴뚝 위에 앉아 있다. 그는 유리벽 너머로 우리를 지켜보며 모든 것을 기록하고 있다! 그는 우리가 일을 질질 끌거나 엉터리로 하면 우리를 일꾼 명단에서 지운다. 그러면 우리는 부랑자를 위한 간이 수용소에 가야 하는 것이다. 하지만 고분고분하고 부지런히 일한 사람은 영원한 유급 휴가를 받아 천상의 코트 다쥐르*에서 캠핑을 즐길 수 있다……

---

* 프랑스 남부의 고급 휴양지.

이 공간과 시간 속에 살고 있는 오늘날의 인간 중에는 우주의 목록이 채워지는 것에 자족하는 이들이 있다.

굴뚝 높은 곳에 앉아 있는 감독관 나리의 호의를 누리는 자들도 있다.

목록을 늘려가거나 산타 할아버지를 믿는 것에 더이상 만족하지 않는 이들이 점점 늘어나고 있다. 핵심이 빠져 있다는 것을 인식하고 핵심을 찾을 수 있을 거라고 믿는 이들이다.

핵심을 어디에서 어떻게 찾을 것인가? 나는 모른다. 만약 그걸 안다면 큰 소리로 외칠 것이다.

예수가 율법학자들에게 이르기를,

"너희 율법교사들은 화를 입을 것이다. 너희는 지식의 열쇠를 치워버렸고 자기도 들어가지 않으면서 들어가려는 사람마저 들어가지 못하게 하였다." (루가복음 11장 52절)

이 열쇠로 열 문은 어디에 있는가?

우주 어디쯤에 있는가?

그 문은 우주 도처에 있다.

신은 그의 창조 바깥에 존재할 수 없다. 창조자는 창조물 안에 있으니, 그는 자신이 만든 것 안에 갇혀 있는 것과 마찬가지이다. 그는 창조물을 채워넣으면서 또한 피조물에 의해 채워지며 그것과 섞인다.

기독교가 생기기 전에 십자가 기호는 창조를 상징하는 데 사용되었다. 창조의 의지(수직으로 내려오는 선)가 본래부터 존재하는 것(수평선)을 뚫으면서 창조라는 결과(십자가)가 빚어진다. 혹은 상징의 의미를 좀더 제한해서 살펴보면, 정신(수직선)이 물질

(수평선)에 내려와 삶(십자가)이 된 것이다.

더 좁은 범위에서 살펴보면, 남성(수직선)이 여성(수평선)에 침투하여 살아 있는 인간(십자가)이 만들어지는 것이라고도 할 수 있다. 직립의 몸이기 때문에 수직이고, 창조를 향해 양팔을 뻗어 수평이 된 인간은 살아 있는 십자가 기호인 것이다.

성령이 마리아에게 이르니 예수가 났다.

마리아는 여성이요, 어머니요, 바다요, 물질이다. 예수는 남성이요, 삶이요, 창조요, 피조물의 형상을 한 창조자이다. 예수는 이미 마리아의 뱃속에서부터 모든 의미에서 십자가를 지고 있었던 것이다.

기독교는 창조와 창조 행위의 상징인 십자가에 신을 못 박으면서, 창조자가 자신의 창조 안에 못 박혀 있음을 우리에게 늘 일깨우려 했는지도 모른다.

따라서 신은 우리가 감지하는 현실에서건 우리 감각이 미치지 않는 곳에서건 늘 존재한다. 신은 한계지워지는 법이 없기 때문에 우리가 피조물을 나누듯 신을 나눌 수 없다. 따라서 그는 각각의 부분 안에서 전체이다. 하나의 원자 속에도 은하계와 똑같이 무한과 그 법칙이 존재한다.

신은 그가 창조한 부분 속에 온전한 모습으로 존재한다. 자신의 피조물 속에 온전한 모습으로 존재한다.

신은 당신 안에서도 온전한 모습으로 존재한다는 것이다!

그는 내 안에도 있다.

우리는 괜히 헛물만 켰다.

당신은 그를 느낄 수 있는가?

아무 느낌도 없다……

신이 도처에 존재한다면 그에게로 통하는 문도 도처에 존재한다. 장미, 새끼 고양이, 새벽별이 문이다.

하지만 인간과 가장 가까이 있는 문은 바로 인간 자신이다.

"너 자신을 알라."

델포이 신전의 정면 박공에 새겨져 있는 이 말은 애매한 철학의 모호한 충고가 아니다. 이 말은 명확하게 길을 제시한다. 그 길에 이르는 과정은 이 신전에서 보여준다. 사제는 신자의 손을 잡고 그가 매일 신전 내부를 향해 조금씩 나아갈 수 있도록 도와주었다. 신자가 들어가는 신전은 바로 신자 자신이었다. 예배와 신비의식은 그 길을 밝혀주는 교육으로, 이때 교육이라는 말은 오늘날의 아주 엄격한 이성주의적 개념으로 사용된 것이다. 여기서 교육된 지식과 신전의 빛은 인간으로 하여금 그 자신을 볼 수 있도록 해주었다. 하지만 지금은 모든 빛이 꺼진 것처럼 보인다.

"눈은 몸의 등불이다. 그러므로 네 눈이 성하면 온몸이 밝을 것이며." (마태오복음 6장 22절)

오늘날에는 불 꺼진 신전밖에 남지 않았다. 그 신전을 관리하는 자들은 인간이 왜, 어떻게 신의 형상을 하고 있는지 설명해주는 대신에 인간의 형상으로 축소된 신을 떠받들라고 명령한다.

보여주기 위한 의식에는 기계적인 몸짓과 불필요한 말만 난무한다. 이해를 도왔던 종교의식이 오히려 이해를 가로막게 되었다.

빛을 찾아 헤매던 인간은 슬퍼하며 이 암흑의 신전에서 발길을 돌린다. 하지만 그는 빛이 존재한다는 것을 알고 있다. 빛이 존재한다는 믿음이 그가 어둠 속에서 절망으로 죽어가는 것을 막아준다.

교회가 종교라는 이름으로 한 일에 싫증을 느낀 많은 서양인들이 막히지 않은 길을 찾아 동양으로 떠났지만, 어느 누구도 길을 찾아낸 것 같진 않다.

어딘가 열려 있는 길이 있다면, 물이 저수탱크에서 수도꼭지를 향해 흐르듯 사람들은 그 길을 향해 흘러갈 것이다.

서양인들이 동양에서 배운 것은 인간 내면에 문이 존재한다는 것이다. 그들은 문이 있다는 사실조차 잊고 있었다. 하지만 그 문은 금고처럼 굳게 닫혀 있다. 서양인과 동양인의 차이라면, 서양인은 벽으로부터 등을 돌리고 있는데 동양인은 문을 마주하고 무릎을 꿇고 앉아 그 문이 저절로 열리기를 기다리면서 명상에 잠겨 있다는 것이다.

문을 열기 위해서는 열쇠가 필요하다.

"너희 율법교사들은 화를 입을 것이다. 너희는 지식의 열쇠를 치워버렸으며……"

면전에서 문을 닫은 우리도 화를 입을 것이다.

신으로 향하는 모든 길은 자취를 감췄다.

신은 오로지 모험가에게만 길을 열어 보인다.

하지만 그 여행의 끝에 도달한 사람 역시 말, 거짓, 찬양, 감동, 어리석음의 숲에서 얼마나 길을 잃고 헤매었던가.

종교는 수많은 허상을 가로질러 실체로 향하는 길을 냈다. 그 길은 모든 사람이 갈 수 있는 길이며 힘과 의지만큼 멀리 갈 수 있는 길이다. 그런데 차에 태워준다고 하면서 여행자를 통제하는 교회가 들어섰다. 자동차와 내부 규칙이 여행 그 자체보다 더 중요한 것이 되었다. 그리고 여행자들을 좀더 통제한답시고 버스를 세웠다. 이제 사람들은 어디로 가야 하는지도 잊었다. 길은 다시 원시림으로 뒤덮였다.

그 수가 늘어나고 널리 퍼지게 되면서 인류는 사방으로 진리를 흩어버린 듯하다. 진리는 갈갈이 찢겼고, 우리 손에 쥐여진 것은 넝마가 된 진리의 파편뿐인 듯하다.

그러나 파편에는 전체의 모습이 스며 있다. 서로 다른 조각들을 이어맞추는 일이 헛되지 않다면, 우리에게 가장 익숙한 조각이 우리에게 가장 많은 것을 가르칠 것이다.

기독교 교리에 따라 사는 사람은 기독교 안에서, 불교도는 불교 안에서, 유대인은 유대교 안에서 진리를 향한 여행을 떠나는 것이 수월할 것이다.

조국 안에서 나아가는 것은 쉬운 일이다. 하지만 길을 막고 서 있는 언어라는 관습의 수풀을 커다란 벌목도로 베어야 한다. 그렇다면 부족의 언어에 가장 순수한 의미를 부여해야 하는 것인가? 그렇지 않다. 과거의 의미, 최초의 의미를 찾아야 한다.

내가 사용하는 벌목도는 이성일 것이다. 나는 내가 직접 보지 않았거나 나의 앞에서 증명되지 않은 것은 그 무엇도 믿을 수 없다. 교회는 내게서 신을 빼앗아갔다. 교회는 신을 보여주고 증명할 수 없게 되었다. 신은 보일 수도 증명할 수도 없는 것이라고 주장할 때, 그들은 자신들의 무지만을 보여줄 뿐이다.

교회는 이제 신의 집이 아닌 도덕의 집일 뿐이다. 교회는 영생을 얻고 싶어하는 개인에게 지켜야 할 규범을 가르친다. 하지만 내막을 들여다보면, 이러한 규범은 개인을 신과 가깝게 하지도 멀어지게 하지도 못한다. 이 규범은 사회적 삶을 가능케 하고, 인간 집단의 구조가 와해되는 것을 막는 역할을 할 뿐이다. 모든 교회는 속해온 사회의 풍속에 상응하는 나름의 규범을 갖고 있다.

그 규범들은 공동체의 삶을 위해서는 필요하지만, 신을 찾는 데는 아무런 소용이 없다.

성서에 충실하려는 우리 눈에 왜곡은 이미 모세와 함께 시작되었다. 출애굽기 34장 29절에서 35절까지의 인용을 보면 그것을 분명히 알 수 있을 것이다.

"모세는 시나이 산에서 내려왔다. 산에서 내려올 때 모세의 손에는 증거판 두 개가 들려 있었다. 그런데 모세는 야훼와 대화하는 동안에 자기 얼굴의 살결이 빛나게 된 것을 모르고 있었다. 아론과 이스라엘 백성이 모세를 쳐다보니 그의 얼굴 살결이 환하게 빛나고 있었으므로 모두들 두려워하여 가까이 가지 못하였다. 모세는 아론과 회중의 모든 지도자들을 불렀다. 그들이 자기 앞에 나아오자 모세는 그들에게 모든 것을 이야기해주었다. 그 뒤에야 이스라엘 백성이 모두 나아왔다. 모세는 그들에게 야훼께서 시나이 산에서 주신 계명을 모두 전해주었다. 모세는 할말을 다 하고 얼굴을 수건으로 가렸다. 모세는 야훼와 대화하기 위하여 그의 앞으로 나아갈 때 수건을 벗고는 나올 때까지 쓰지 않았다. 모세는 하느님께 받은 명령을 나오는 길로 이스라엘 백성에게 전하였다. 이스라엘 백성이 모세를 쳐다보면 그 얼굴 살결이 환하게 빛나고 있었다. 그래서 다시 야훼와 대화하기 위하여 들어갈 때까지 얼굴을 수건으로 가리고 있어야 했다."

나는 감히 이야기의 극적인 부분을 잘 보여주는 몇몇 구절을 강조하였다.

우선 선택된 자가 신을 만나는 성스러운 산은 어느 시대, 어느 문명에서건 똑같이 찾아볼 수 있는 보편적 상징이라는 것을 명심하자. 오름, 오랜 노력 끝에 성취한 고양된 정신적 위치, 정상과 같은 개념, 다시 말해서 이제 더이상 정복하기 위해 애쓰지 않아도 되며, 그곳을 점령하여 세계를 발견할 수 있는 목표에 도달했다는 개념은 너무도 분명하고 확실한 것이기에 세상 어디에서건 같은 이미지를 환기시킨다. 그것이 반드시 같은 전통에서 유래한 것일 필요는 없다. 이 책 어디에서건 시나이 산이 가진 물질성을 부정할 생각은 추호도 없다. 실제로 모세가 그 산을 올랐을 수도 있다. 하지만 그의 모든 행동, 모든 사건, 모든 몸짓은 보편적 의미 속에서 상징적인 문자로 기록되었다. 모세는 시나이 산에 실제로 혹은 상징적으로 올랐다. 그것은 결국 같은 것이다. 산에서 내려오는 장면으로 넘어가보자.

모세는 손에 증거가 되는 두 개의 판을 들고 있었다.

판 두 개? 왜 두 개일까?

계명을 판 하나에 다 받아적을 수 없어서 판 하나를 더 사용했음을 의미하는 것일까? 이런 해석은 좀 유치해 보인다. 중요한 것이 아니라면 이런 세부사항이 시나이 산 일화에 지금처럼 전해지거나 반복해서 강조되지 않았을 것이다. 예를 들어 미국 헌법이 몇 장의 종이에 씌어졌는지에 누가 관심을 가지겠는가? 미국 헌법은 오직 하나밖에 없다. 언약의 말씀이 씌어진 판은 두 개다. 여기서 문제되는 것은 양이 아니라 질이다. 이 둘은 서로 다른 것이기 때문에 하나가 아닌 두 개이다. 각각의 판에는 다른 내용이 씌어져 있는 것이다.

한편 모세가 처음 시나이 산 정상에 올랐을 때, 그는 "하느님이 친히 쓰신" 두 개의 판을 받았다.

신의 손가락이 하나의 말씀을 위해 두 개의 판을 필요로 하지는 않았을 것이다. 물질적 차원으로 해석해본다면, 모세가 두번째로 시나이 산에 올랐을 때 직접 판에 글을 새긴 모세의 손가락이 단지 두 개의 판에 전언을 옮기지 않았으리라는 것은 분명하다. 이스라엘 백성에게 전해야 할 것은 항목별로 세분화된 도덕, 민사, 형사상의 내용을 담은 방대한 법전이기 때문이다.

성서의 글자 그대로의 뜻에만 집착한다면, 우리는 그야말로 어처구니없는 결론에 도달하고 만다. 우리는 두 개의 판이 있다는 것을 두 개의 전언이 있다는 의미로 받아들여야 한다.

두 개의 판을 들고 모세는 자신의 백성에게로 돌아왔다.

"모세는 야훼와 대화하는 동안 자기 얼굴의 살결이 빛나는 것을 모르고 있었다."

이 부분 역시 문자 그대로 받아들여서는 안 된다. 모세의 얼굴이 등불로 변했다는 뜻이 아니다. 이 비유는 모세를 통해 빛이 헤브라이 민족에게 전달되었음을 의미한다. 이것은 또한 자신 안에 빛을 받아들이기 위해 문을 연 인간은 더이상 같은 행동을 반복하지 않으리라는 것을 의미한다. 이후부터는 그의 삶과 존재방식은 다른 이들의 삶과 존재에 환한 빛을 던져 그들이 있는 그대로의 자기 모습을 보도록 해준다. 그들은 자신의 모습을 보고 진저리를 치게 된다. 그래서 그들은 빛을 피하거나 아니면 빛을 지니고 있는 자를 죽임으로써 그 성가신 빛을 없앤다.

인간의 역사를 보면 예수 이전에도 이후에도 이처럼 빛을 지닌 사람에 대한 살상의 기록으로 가득하다.

모세를 보고 이스라엘 백성은 그에게서 등을 돌렸다. 그들은 감히 그에게 다가가지 못했다. 모세는 자신만 그 이중의 전언을 가지고 있어서는 안 된다는 것을 알고 있었다. 그는 단호했다.

"모세는 그들을 불렀다."

하지만 이스라엘 백성들은 꼼짝도 하지 않았다. '아론과 회중의 지도자들' 만이 그에게 다가왔다.

그런데 출애굽기 20장 9절에서 11절을 보면 아론과 이스라엘 조상들이 모세와 함께 시나이 산을 같이 올라갔음을, 다시 말해 그와 함께 영적 여정을 어느 정도 같이 했음을 알 수 있다. 그러나 오직 모세만이 그 누구도 이르지 못한 정상에 도달했다.

그들은 빛을 받지는 못했지만 희구했다. 그들은 빛을 지닌 이를 받아들이고 이해할 준비가 되어 있었던 것이다.

아론과 회중의 모든 지도자는 모세에게 다가갔고, 모세는 그들에게 이야기를 해주었다.

앞의 글과 다음 글 사이에 어떤 차이가 있는지 눈여겨 보라.

그들의 지도자들이 모세 앞에 나선 것에 안심이 된 "이스라엘 백성이 모두 나아왔다. 모세는 그들에게 야훼께서 시나이 산에서 주신 계명을 모두 전해주었다."

앞부분에서는 '이야기'를 해주었으며, 뒷부분에서는 '계명'을 전해주었다.

따라서 두 개의 판은 서로 다른 두 전언을 담고 있다고 할 수 있다.

정리해보자. 모세가 시나이 산 정상에 올랐다는 것은 인간이 도달할 수 있는 최고의 지점에 올랐다는 의미다. 그곳에서 그는 신을 친견하고 신의 목소리를 들었다. 이는 곧 모세에게 우주의 모든 신비가 드러나고 이해되었다는 의미다.

이러한 빛을 받은 자는 다른 사람들에게 그 빛을 비춰줄 수밖에 없다. 모세는 그의 동포에게 자신이 깨달은 것을 전하고 자신이 걸어온 길을 보여주고자 한다. 그래서 그는 그들을 부른다. 하지만 그들은 다가오기를 거부한다. 이미 그 빛을 추구했던 자들만이 그에게 다가온다. 모세는 그들에게 말을 건네고 다가오기를 거부했던 자들에게는 계명을 전한다. 그러고 나서……

"모세는 할말을 다 하고 얼굴을 수건으로 가렸다."

그것으로 끝이다. 이후로 빛은 다가가기를 원치 않았던 자들에게는 감추어진 채로 남아 있을 것이다. 빛을 찾지 않는 자는 그 빛을 받을 수 없기 때문이다.

모세는 얼굴에서 나는 광채를 수건으로 가렸다. 그는 빛이 존재한다는 것을 모두에게 알리기 위해 그가 야훼와 말을 나누었던 회막*에서 나올 때에만 얼굴의 광채를 드러낸다. 그러고 나서 그는 다시 수건으로 얼굴을 가린다. 광채를 보고자 하는 자는 다가가 그 수건을 걷어내야 한다.

그때부터 이스라엘에는 말씀을 듣고 그것을 다음 세대로 전달하는 사람들과 계명을 받기만 한 사람들만이 존재하게 될 것이다. 하지만 모세의 얼굴은 늘 수건 속에서 광채를 간직하고 있을 것이고, 다가와 그 베일을 걷어내기를 바라는 자들에게는 늘 열려 있을 것이다.

수건에 감춰진 빛나는 얼굴로 상징되는 진리를 이처럼 비의적

---

* 유대 민족이 광야를 헤맬 때 하느님의 법제를 보관했던 장막.

인 방식으로 전수하는 것은 진리를 감추고 드러내지 않기 위해서가 아니라 오히려 그 안으로 들어가고자 하는 모든 이를 받아들이기 위해서이다.

그런데 유대 민족과 그들의 종교사를 보면 그렇지 않았음을 알 수 있다. 그래서 이들 민족에게 빛을 전해줄 또다른 이, 다음과 같이 말해줄 이가 필요하게 된 것이다.

"등불을 가져다가 됫박 아래나 침상 밑에 두는 사람이 어디 있겠느냐? 누구나 등경 위에 얹어놓지 않느냐." (마르코복음 4장 21절)

"감추어진 것은 드러나게 마련이고 비밀은 알려지게 마련이다." (루가복음 12장 2절)

"너희 율법교사들은 화를 입을 것이다. 너희는 지식의 열쇠를 치워버렸고 자기도 들어가지 않으면서 들어가려는 사람마저 들어가지 못하게 하였다." (루가복음 11장 52절)

'지식의 열쇠를 치워버린' 자들이 그것을 잃어버렸다. 진리를 전달하지 않으면 그것을 잃어버릴 수밖에 없다. 이기주의의 무게에 떠밀려 그들은 시나이 산에서 추락한다.

하지만 예수가 가져온 빛도 그렇게 가려졌다. 이후의 기독교 계승자들도 당시의 유대교 율법학자들 못지 않았다. 그러나 등불을 됫박 아래에 놓으면 공기가 희박해서 잘 타지 않는다. 염려처럼 등불이 꺼지진 않더라도 연기를 내며 단말마의 고통 속에 가쁜 숨을 헐떡일 것이다.

모세처럼 예수의 얼굴에도 수건이 덮였다. 예수의 이름으로 말하는 자들은 믿으라는 말밖에는, 이해하려 하지 말라는 말밖에는 다른 아무 말도 해주지 않고 설명하려 들지도 않는다.

더이상 이런 식으로 갈 수는 없다. 인류는 구름 속에서 산타 할아버지를 애타게 찾을 나이를 넘어섰다. 취학 연령이 된 것이다. 선생은 믿을 수 없어 보이지만 보여주고 증명했기 때문에 믿게 되는 일들을 그에게 보여준다.

인류는 자신의 무지가 얼마나 깊은지 깨닫게 되며, 사물의 외관에는 확실한 것이 없고 진실은 다른 곳에 있다는 생각을 하게 된다. 이제 인류는 이 진실을 찾아나설 준비가 되었지만, 아직은 교회가 제시하는 해석 외의 것을 받아들이진 못하고 있다.

교회는 애초의 의미가 퇴색하고 그 심연을 밝혀주던 빛도 사라진 이야기를 믿으라고 하지만, 그것은 우리의 의문에 답하지도 못하고 이성을 만족시키지도 못하며 불안을 달래주지도 못하는 낡고 먼지 나는 우화에 불과하다.

그럼에도 불구하고 우리가 찾아야 할 것은 바로 거기에 있다. 낡은 형상과 좀먹은 수염 뒤에서, 바랜 장식물과 잼을 넣어둔 찬장 뒤에서 우리는 아직도 가쁜 숨을 내쉬며 어른거리는 등불이 감춰져 있는 됫박을 찾을 수 있을 것이다.

두 개의 판을 이스라엘 백성에게 전달하고 싶었지만 사람들은 다가오지 않자 모세는 수건으로 자신의 얼굴을 가려버렸다.

예수는 그의 백성에게 '복음'을 전달하려 했는데 그들은 그를 죽였다. 그리고 예수와 함께 있던 이들은 그를 '무덤에 모셨다.'

수건, 됫박, 무덤은 다 같은 비유다. 빛을 전파할 사명을 가진 사람들이 오히려 빛을 감춘 것이다. 빛은 수건 밑에서 꺼질 위험이 있다. 그리고 예수의 무덤은 비어 있다.

막달라 마리아는 탄식한다. "사람들이 주님을 무덤에서 어디론가 옮겼다. 그런데 우리는 그들이 어디에 주님을 모셨는지 알 수 없다."

우리 역시 모른다.

모세가 자신과 함께 시나이 산에 올랐던 회중의 지도자들에게만 이야기를 해준 것처럼, 예수도 매장된 후 오직 제자들에게만 모습을 드러냈다.

회중 지도자들과 예수의 제자들은 같은 사명을 안고 있었다. 빛을 지키고, 그 빛을 받고자 하는 모든 이에게 빛을 나누어주는 것이 그들의 사명이었다. 그런데 그들의 뒤를 이은 후계자들은 빛을 한 곳에 모셔두고 보호한다는 명분하에 교회를 세웠다. 그리고 그들은 빛을 공기가 통하지 않는 지하동굴 안에 모셔놓았다. 사람들이 그것을 알고자 하는 호기심으로부터도 멀리.

그리고 그 후계자들의 후계자들은 교회를 증축하고, 벽을 두껍게 쌓고 부속건물을 늘려가면서 지하동굴을 완전히 막아버렸다. 이제 그 안에 등불이 타고 있다는 사실조차 잊어버리게 되었다. 결국 우리는 모세의 두 전언 중 명령과 계율, 율법을 포함하고 있는 부분만 알 수 있을 뿐이다. 그것은 제재가 가해지기 때문에 어쩔 수 없이 지켜야 하는 규칙이다.

모세는 전언을 전달하는 사람일 뿐이었다……

첫째 판에 새겨진 규율들은 오늘날까지도 서구인들을 한데 묶는 구실을 한다.

그들은 서로 증오하며 상대의 목을 조르면서도 똑같은 계명을 지켜왔다. 그것은 세상의 반이 수천 년간 지켜온 계명이기도 하다.

하지만, 율법은 앎이 아니다.

계명은 가르침이 아니다.

교사는 수업이 효율적으로 진행될 수 있도록 교실의 분위기를 잡아나가야 한다. 하지만 교사가 앎을 전하는 대신 규율을 잡는 데만 시간을 보낸다면 교사로서의 자질을 상실하고 자습 감독관으로 전락하고 만다.

착하게 굴고 자습감독의 말을 잘 들은 아이들에게 상으로 영원한 방학을 준다고 한다면 어느 누가 방학을 귀하게 여기겠는가?

별볼일 없는 바르자벨이나 뒤퐁이 영원한 삶을 누린다고 한다면, 그들 자신이나 다른 이들에게 무슨 이로움이 있을까? 영원한 뒤퐁 혹은 썩지 않는 불멸의 바르자벨을 본 적이 있는가? 그런 존재가 부럽겠는가? 그런 친구가 있다면 즐겁겠는가? 영원히 그렇다고 하면?

물론 그냥 해본 소리다.

장미꽃 한 송이는 그럴 만한 가치가 있을지 모른다.

하지만 장미라는 종은 계속 존재할 것이다.

우리가 탐구와 이성의 벌목도로 쳐내야 할 언어적 습관에 관한 아주 구체적인 예가 여기에 있다. 처음에는 히브리어로 번역되었다가 뒤이어 그리스어, 라틴어, 그러다가 프랑스어로 번역되기 이전, 영원한 삶이라는 말의 정확한 의미는 무엇이었을까? 더이상 삶이 무엇인지 모른 채 죽음의 공포에 사로잡혀 떨고 있는, 타락하고 불쌍한 인간들 사이에서 쓰이는 것과는 의미가 다를 것이다.

또다른 예로 전도서의 그 유명한 "헛되며 헛되고 헛되니 모든 것이 헛되다"라는 구절이 있다.

이것은 통렬한 탄식이라기보다는 깊은 사색의 결과 이 세계의 행복과 쾌락이 아무것도 아니라는 것을 깨달은 자의 표현이다.

어원적으로 이 말을 가장 정확하게 표현한다면, 우리 감각에 드러나는 세계, 즉 우리의 세계가 공으로 이루어져 있다는 확언이다. 오늘날 과학자들이 곤혹스러워하며 증명한 내용을 전도서의 저자는 3천 년 전, 아니 그보다 훨씬 전에 이미 알고 있었던 것이다.

"비어 있으며 비어 있고 비어 있으니 모든 것이 비어 있다."

이것이 처음 쓰인 의미이다. 사람들이 습관적으로 갖다붙이는 거창함이나 우울한 의미를 배제하고 이와 같은 측면에서 전도서를 다시 읽어보길 바란다.

그러면 전도서가 얼마나 특별한 울림과 깊이를 지니고 있는지 알게 될 것이다. 그리고 세월과 언어와 무지와 은폐를 겪으면서 이 문장이 얼마나 변질되었는가를 알게 될 것이다. 창세기의 첫 단어와 묵시록의 마지막 단어도 이와 같을 것이다.

"그래서 야훼 하느님께서 아담을 깊이 잠들게 하신 다음, 아담의 갈빗대 하나를 뽑고 그 자리를 살로 메우시고는 그 갈빗대로 여자를 만드신 다음……" (창세기 2장 21~22절)

우선 이 이야기의 도입부가 외과적 수술과 관련이 있다는 것을 주목할 필요가 있다. 마취, 수술, 봉합이 언급되고 있다. 우리는 여기서 5천 년 혹은 6천 년 전 이 이야기의 작가가 살았던 사회는 마취를 한 뒤에 수술을 하는 것이 일반적이었다는 것을 짐작해볼 수 있다. 말하고자 하는 바를 생생하게 전달하기 위해서는 동시대인들이 친숙하게 여길 만한 요소에 호소할 수밖에 없는 것이다. 그렇다면 이것은 오직 자신들만이 기나긴 세월 동안 원숭이와 원시인을 거친 끝에 마침내 문명화된 최초의 인류가 되었다고 굳게 믿고 있는 학자들을 경악케 하고도 남을 만한 것이다.

더 놀라운 것은 그후 갈비뼈 하나가 없게 된 점이다. 이것은 남자의 전형적인 모습에 대한 언급이므로 이후 모든 남자는 갈비뼈가 하나 없어야 할 것이다. 그러나 오늘날 우리는 그렇지 않다는 것을 잘 알고 있다.

그러나 최근 과학자들은 여성과 비교해서 남성에게 정말로 '무언가 빠져 있다'는 것을 발견했다. 세포가 분열되고 있는 모습을 현미경으로 본 사람이라면 핵 속에서 둘로 나뉜 염색체가 정렬한 모습을 보고 놀라움을 금치 못했다. 대칭으로 늘어선 염색체들은 마치 척추 양쪽의 갈비뼈처럼 서로 마주보고 있다. 이 염색체들의 수를 세어보면 여자는 스물세 쌍이다. 남자는 몇 개인가? 온전한 스물두 쌍과 불완전한 한 쌍으로 이루어져 있다.

처음에 사람들은 남자의 염색체 개수가 45개라고 생각했다. 하지만 성능 좋은 기구로 자세히 관찰한 결과 마흔여섯번째 염색체가 없는 것이 아니라, 일부만 남아 있다는 것을 알게 되었다.

생물학자들은 완전한 염색체에 X라는 이름을 붙였고, 그와 마주한 불완전한 염색체에는 Y라는 이름을 붙였다. 염색체의 이중기둥을 보면, 여성은 다른 쌍처럼 대칭적이고 완벽한 한 쌍의 XX 염색체를 가지고 있다. 하지만 남성은 그 대신 불완전한 XY염색체를 가지고 있다.

우리는 염색체가 유전인자라는 것을 안다. 생명, 종, 혈족, 가족, 개인의 유전정보를 실어나르는 것이 바로 염색체다. 그런데 하나의 세포가 분열되어 두 개의 정자를 만들 때 남자의 생식선에서는 어떤 일이 벌어질까? 이 두 정자는 XY쌍을 포함하여 모든 염색체 쌍을 서로 공유할 것이다. 둘 중 하나가 X염색체를, 다른 하나가 Y염색체를 갖게 될 것이다.

전부 완전한 염색체를 가진 정자 X가 난자와 수정되면 여자가 되고, 그 여자의 모든 세포는 완전하고 대칭적인 스물세 쌍의 염색체를 가지게 될 것이다.

스물두 개의 완전한 염색체와 불완전한 스물세번째 염색체를 지닌 정자 Y는 남자가 된다. 남자의 모든 세포는 불완전하고 비대칭적인 염색체 한 쌍을 가지게 될 것이다. 손상된 염색체라는 말을 쓰려는 사람도 있었다.

이런 이야기를 함으로써 내가 사실에 어떤 영향을 미치려는 것도 아니고, 얼마 되지 않는 지식을 가지고 선입견에 짜맞추려는 것도 아니다. 유전학에 관한 연구논문을 보면 그에 대한 증거가 되는 사진과 그래픽 자료를 찾아 볼 수 있을 것이다.

'남자로부터 나와 여자를 탄생시키는 것' 은 완전한 염색체인 X염색체이다. 그리고 남자에게 모자라는 것이 바로 이 X염색체다.

염색체라는 말을 갈비뼈란 말로 대체시켜보자. 성서의 이야기는 우리가 그 이유와 의미를 알 수 없는 진리, 현미경으로는 그 메커니즘밖에 규명하지 못하는 진리를 상징적으로 보여주고 있다.

태초에 신은 남자의 염색체 하나를 취하여 그것으로 여자를 만들었다. 그러한 태초의 현상은 지속된다. 신은 계속 수술을 집도하고 있다. 신이란 무엇인가? 계획인가? 계율인가? 필연성인가?

신. 우리가 그의 진짜 이름을 찾거나 되찾지 못하는 한 다른 이름은 없을 것이다.

우리는 성서에 씌어진 말의 진정한 의미를 되찾아야 한다.

예를 들어 라틴어 성서에서는 갈비뼈라는 말에 어떤 단어를 사용하고 있는가? 사전을 보니 갈비뼈라는 의미를 가진 말은 코스타(costa)이다. 이 단어에는 측면, 옆구리라는 의미도 있다. 따라서 갈비뼈란 이름은 그것의 위치에서부터 파생된 말이라는 것을 알 수 있다.

라틴어를 사용하던 우리의 조상이 염색체에 이름을 붙였다면 성서에서의 '뼈' 라는 표현을 썼을 것이다. 염색체 또한 핵 안에서 분산되는 순간 각각의 측면에 배열되기 때문이다.

염색체는 생명만큼이나 오래된 것이지만, 현대과학이 그것을 발견한 것은 그리 오래되지 않았다. 염색체라는 이름은 아마도 현미경으로 잘 볼 수 있도록 사용하는 색소를 잘 흡수한 데서 유래한 것으로 보인다. 염색체를 의미하는 말인 크로모좀(chromosome)은 그리스어로 색을 의미하는 크로마(chroma)와 몸을 의미하는 조마(soma)에서 유래한 것이기 때문이다.

결국 염색체라는 표현은 우연한 특성을 바탕으로 비교적 최근에 붙여진 이름이다.

아담의 갈비뼈 이야기를 쓴 사람이 염색체라는 것을 알았다면 그것에 어떤 이름을 붙였을까? 그것의 형태를 보고 붙였을까, 그것의 위치를 보고 붙였을까, 그것의 기능을 보고 붙였을까?

형태나 위치를 보고 이름을 붙였다면 갈비뼈라는 이름을 염색체라는 것에도 붙일 수 있었을 것이다. 염색체는 갈비뼈와 마찬가지로 곡선 형태이고, 존재가 결정되는 순간, 다시 말해 생명과 질서를 전달하기 위해 분열될 때 축 양옆에 대칭으로 배열되기 때문이다.

만약 기능을 기준으로 한다면, 염색체가 계통의 특성을 전달하는 일을 한다는 것을 암시하는 이름을 붙였을 것이다. 염색체는 생명의 형태를 운반할 뿐 아니라, 생명 그 자체의 운반자이기도 하다.

성서에 있는 아담의 갈비뼈 이야기는 아주 오래 전부터 구전되어 내려온 것이 분명하다. 우리는 이 이야기를 성서보다 먼저 씌어진 것으로 보이는 수메르인의 기록에서도 찾아볼 수 있다. 그 기록에서 남자에게서 들어낸 것을 가리키는 데 사용되는 말은 생명이라는 의미도 있음을 알 수 있다.

아마도 성서의 히브리어 판본이나 그리스어 판본, 혹은 아람어 판본에는 갈비뼈라는 단어가 들어가는 자리에 곡선이나 측면, 그리고 생명이나 생명 전달체 혹은 생명 인자나 생명 형태를 동시에 가리키는 단어가 씌어져 있을지도 모른다. 나는 아람어, 그리스어, 히브리어는커녕 라틴어도 모른다. 겨우, 아주 간신히 프랑스어를 알 뿐이다. 나는 그저 보통 사람으로, 대단한 지식도 없다. 다만 그 대단한 것에 대해 좀더 알고자 하는 열망을 품고 있을 뿐이다.

나는 성서 전문가도 아니고, 성서를 읽는 데 생의 절반을 보내지도 않았다. 몇몇 사람처럼 성서를 한두 번쯤 통독했고, 필요할 때마다 이곳저곳을 펼쳐볼 뿐이다. 나는 『삼총사』보다 성서를 더 잘 꿰고 있지 않으며, 성서보다는 오히려 『개미와 베짱이』를 더 잘 꿰고 있다.

따라서 여러분들이 읽은 앞의 몇 쪽은 오랜 고행 끝에 나온 것이 아니며, 쓰는 동안 내 머리에서 김이 모락모락 나지도 않았다. 단지 우연히 떠오른 생각을 사람들이 익히 알고 있는 성서의 몇몇 구절과 대중잡지의 독자들도 알고 있는 과학 상식을 연결시켰을 뿐이다.

나는 사클레*에 출퇴근 하는 사람도 아니고, 유대교 회당에 나가는 사람도 아니다. 나는 신부도 목사도 종교학자도 아니다. 다만 학교로 가는 길을 찾아 헤매는 학생일 뿐이다. 아는 것도 없는 내가 읽은 책들을 바탕으로 이런 식으로 우연히 고대문서와 최신과학을 접목할 수 있었다면, 지식을 갖추고 이러한 접목으로부터 빛을 끌어내고자 하는 선한 의지를 가진 사람들에게서 무언가를 기대해볼 수도 있지 않을까? 이런 일에 애착을 가지고 있는 나는 물리학자, 화학자, 원자학자, 생물학자, 수학자, 우주학자, 전기학자, 역사학자, 언어고고학자, 도시고고학자, 유대 신학자, 가톨릭 신학자, 동방정교 신학자, 개신교 신학자, 이슬람 신학자 등 모든 분야의 학자들로 구성된 학자 모임이 꾸려지고, 이들이 모든 편견과 과학적 혹은 종교적 광신에서 자유로운 상태에서 모든 것을 받아들일 만반의 준비를 갖춘 채 서로 상반된 지식이 결합되는 것을 인정할 수 있는 날이 오기만을 꿈꾼다.

어떤 새로운 의미 혹은 과거의 의미가 마침내 오래된 말을 대체할 수 있게 될 것이다!

서구문명의 어머니인 이집트 문명에 대해 우리가 알고 있는 보잘것없는 지식으로 미루어보건대, 당시가 개별적인 과학이나 종교가 존재하진 않았지만 그것들이 한데 뒤섞여 우리가 '앎' 이

---

* 과학 연구소가 밀집해 있는 프랑스 도시.

라 이름 붙일 수 있는 것을 만들어낸 시기였음을 알 수 있다. 실제에 대한 앎에 접근하는 것이 아니라면 도대체 과학은 무엇이란 말인가? 그리고 신을 알고 있는 자가 그것을 모를 것인가?

오직 과학과 종교가 화해하고 결합할 때 우리는 잃어버린 앎을 언젠가 되찾을 수 있다는 희망을 갖게 된다. 우리의 열정, 열린 가슴, 강렬한 갈망에도 불구하고 우리가 그 어떤 형태로도 받아들일 수 없는 것은 교회가 가장 강렬한 요구를 가진 사람들에게 제시하는 날조된 이야기와 모호한 신비주의이다. 속은 텅 비고, 기교와 책략만으로 유지되는 신화는 피는 다 빠져나가고 향료만으로 보존된, 한때 살아 움직이던 생체의 모양만 간직하고 있는 미라에 불과하다.

우리가 오래된 미라의 껍데기에서 따뜻하고 보드라운 살갗을 기대하지 않는다면, 미라는 마지막 남은 역할을 수행할 수 있다. 그 역할이란 이 세상에서 사라진 그의 삶에 대한 회한을 일깨워주고 그의 딱딱하게 굳은 찌푸린 얼굴 아래에서 한때 지웠던, 지워지지 않는 진리에 대한 미소를 다시금 드러내 보여준다는 것이다.

우리 어머니는 개신교 신자였고, 선량하고 정직했던 아버지는 가톨릭 신자이면서 자유 사상가였다. 아버지는 겨울에 날씨가 나빠 양과 염소를 몰고 밖에 나갈 수 없게 되면 잠시 학교에 가곤 했다.

아버지가 열두 살 되던 해, 아버지를 무척 사랑한 우리 할아버지는 아들의 손을 잡고 27킬로미터를 걸어가 아들을 어느 빵집의 조수로 취직시켰다.

이렇게 해서 아버지는 아주 어린 나이에 손으로 빵 반죽하는 법을 배웠다. 그는 처음에는 그럭저럭 봐줄 만한 빵을 만들었고, 시간이 지나면서 좀더 나은 빵을 만들었으며, 좀더 시간이 지나자 아주 맛있는 빵을 만들어냈다. 아버지는 세상에서 가장 맛있는 빵을 만들었고, 그에 대해 자부심 이상의 것을 가지고 있었다. 내가 아직도 주일학교에서 들은 이야기를 믿는다면, 나는 아버지가 하늘나라에서 빵을 만들고 있다는 생각에 가슴이 뭉클하고 마음이 따뜻해질 것이다.

아버지는 순박하고 선량하고 순진한 사람이었다. 그는 이상적인 신자가 될 수 있는 모든 자질을 갖추고 있었다. 그럼에도 결코 신앙을 가질 수 없었다. 아버지가 보기에 그것이 믿을 만한 것으로 보이지 않았기 때문이다. 실제로 그랬다.

열두 살 때만큼이나 가난한 삶을 살수밖에 없었던 길고긴 노동의 삶을 산 후 아버지는 암으로 고통받다가 48시간 동안 의식이 또렷이 돌아온 뒤에 돌아가셨다. 고통이 극심했던 순간 나는 그의 손을 붙잡고 조용히 말했다.

"힘든 고비에요. 좀 있으면 나아질 거에요."

당신은 말은 할 수 없었지만 들을 것은 다 듣고 있었다. 당신은 고갯짓으로 내 말에 알았다는 대답을 했다.

거짓말은 아니었지만 나는 일부러 모호한 뉘앙스로 위안을 드리고자 했다. 아버지는 물질적 차원에서 그것을 거부할 수도 있었고 받아들일 수도 있었다. 아니면 막연한 희망을 가지고 집착했을 수도 있다. 하지만 나는 당신 스스로 어떤 상태인지 알고 있다는 것을 알았다. 그날 아침 아직 말할 수 있었을 때, 아버지는 초연한 태도로 확실하게 말했다. "오늘 밤 나는 죽을 거다." 양지바른 어딘가에 자신을 위해 조그만 장소가 마련되어 있다는 것을 믿지 않으면서 도대체 무엇을 알아들었다고 대답한 것일까? 단말마의 고통 속에 있는 것보다는 죽는 게 더 낫다는 것이었을까? 그것이 그의 유일한 확신이었을까? 뚜렷한 의식 속에서 두려움 없이 죽을 수 있는 행운아는 결국 자신에 대한 애착을 비롯한 '모든 것' 에서 초탈하여 자신이 어디에 있는지 알지 않을까?

그는 힘겹게 내 손을 뿌리치고 홀로 그의 길을 갔다.

아버지는 성당의 복사였다. 사투리와 라틴어밖에 몰랐던 늙은 신부님 벨콩브는 황량한 산속에서 예비 신자나 초라한 신도들을 다루는 방식대로 아버지에게 욕을 하고 발로 엉덩이를 걷어찼다. 그렇게 해도 그에게 보이거나 입증된 것은 없었다. 건전한 노동으로 돈을 벌어 자립할 수 있게 되자 아버지는 자신의 영혼 역시 풀려났음을 선언이라도 하듯 곧장 자유 사상가 단체에 가입했다. 어릴 적에 자유 사상가들의 장례 행렬을 본 기억이 난다. 행렬에 참여한 인원은 모두 셋이었다. 삼색기를 든 도청 관리와 나의 아버지, 그리고 고인이었다. 그들이 마을의 텅 빈 거리를 지나갈 때, 그들을 미워하는 개신교와 가톨릭 신자들은 창가에서 분노의 시선을 던졌다. 태양이 이글거리는 거리를 향해 차가운

비난의 시선이 날아와 꽂혔다.

서로 나뉘어져 있었으나 순간적으로 결속된 사람들과 등을 돌린 채 제 갈 길을 가고 있는 세 문제아, '보수주의적 사고방식의 소유자들'과 '자유 사상가들', 그리고 아직도 '생각하고 있는' 둘과 더이상 생각하지 못하는 한 사람, 이들 가운데 어느 누가 언젠가 제대로 된 사고를 할 수 있으리라고 생각했을까?

두 개의 판, 다시 말해서 진리를 비의적인 방법으로 전달하는 것과 그 진리에 입각해서 한 종교가 교리로서 대중에게 전달하는 것을 처음에는 다음과 같이 정당화했다. 진리는 까다롭고 엄격한 것이므로 많은 사람들이 그것을 쉽고 흥미롭게 이해할 수 있도록 하기 위해서는 비유의 옷을 입혀야 한다는 것이다.

그러다 보니 진리는 비유 안으로 점점 움츠러 들어 마침내 비유라는 옷은 덮을 몸이 없는 헛껍데기가 되어버렸다.

이러한 비유는 순진한 사람들을 위해 만들어진 것이었다. 그러나 그들조차 비유가 책략임을 눈치채고 더이상 그것을 진지하게 생각하지 않게 되자, 비유는 처음에 의도된 바와는 반대로 작용하게 되었다. 즉 많은 사람들을 끌어당기기보다는 오히려 더 멀어지게 한 것이다.

비유에 온전한 의미를 담을 수 없게 되자 사람들은 그 비유를 마치 세속의 사기행각이라도 되는 듯 경멸하고 배척했으며, 마침내 감각과 이성적 실체 속에서 세속의 진리를 찾으려고 했다. 인류의 반 이상이 이처럼 반대의 길을 가고 있다. 나머지 반에서 9할 정도는 종교를 정신적 관습, 도덕적 규범, 의무, 사회적 금기, 죽음에 대한 막연한 위안 등이 뒤섞여 있는 것으로 받아들였다.

나머지 1할은 여러 측면에서 제기되는 문제점에 전혀 개의치 않고 믿음을 지켜나가고 있다.

그런데 모든 인류는 2 더하기 2는 4라는 것을 믿는다. 명백한 사실이기 때문이다. 신의 존재에 대해 사람들에게 이것만큼 자명한 확신을 심어줄 수 있는 길과 수단, 방법, 가르침을 찾아내야 한다.

그렇다고 새로운 종교를 만들어낼 필요는 없다. 종교가 자신의 체계 안에서 잃어버렸던 진리를 찾아내기 위해서는 오히려 깊은 신앙을 가지고 기존의 종교에 귀의하고 태고의, 가장 내밀한 상태의 종교적 체계 속으로 들어가야 한다.

가톨릭 신자인 아버지와 개신교 신자인 어머니를 둔 나는 개신교식 세례를 받고, 개신교 전통에서 자라났다. 그러나 신부님이 나의 아버지에게 그렇게 하지 못했듯, 목사님도 내게 아무것도 보여주지도 증명해주지도 못했다.

열네 살이 되어 첫 세례를 받던 날, 내 키는 이미 군대 갈 나이의 청년만 했다. 또래 친구들보다 머리가 하나 반은 더 큰 내가 그들 가운데서 앞으로 걸어나가야 한다고 생각하니 창피함이 몰려왔다. 성체와 포도주를 받아 마실 때, 온 마을 사람의 시선이 내게 고정될 터였다. 그 엄숙한 성찬의식이 내게는 우스꽝스럽고 몰상식한 것으로 비쳤다. 사람들은 그것이 나를 위해 죽은 예수의 최후의 만찬을 기념하는 것이라고 설명해주었다. 하지만 나는 왜 예수가 내 죄를 사해주려고 죽었는지 이해할 수 없었다. 내 죄를 사하기 위함이라는데 나는 별다른 죄를 저지른 것 같지 않았다. 왜 마을의 모든 대모가 쳐다보는 가운데 성체를 받아먹으면서 감사해야 하는지도 이해할 수 없었다. 나는 첫 영성체를 거부했다. 어머니는 아버지가 전쟁에 나가 안 계신 5년 동안 빵집을 꾸리고 세 자식을 먹여 살리느라 너무 애쓴 나머지 과로로 쓰러져 돌아가셨다. 화가 난 할머니와 이모들이 내 고집을 꺾으려 했다. 나는 개신교 집안에서 종교와 사상의 자유를 위해 수세기 동안 투쟁해온 위그노 조상들을 존경하고 자랑스럽게 여겨야 한다는 것을 배우며 자랐다. 할머니와 이모들과 싸우면서 나는 조상과 하나가 된 느낌이었다. 나는 더욱더 굴복하지 않았다. 할머니와 이모들은 목사님에게 도움을 청했다. 목사님은 나를 따로 불러 당황한 기색으로 신앙심을 잃었느냐고 나를 다그쳤다. 그의 격한 감정은 나를 커다란 혼란에 빠뜨렸다. 나는 그때까지 그가 우리로 하여금 믿게 했던 쓸데없는 말들을 그가 진짜로 믿고 있다는 생각을 해본 적이 단 한 번도 없었다. 나는 그를 이미 수염이 나기 시작하는 아이들에게 산타 할아버지의 존재를 믿게 하려는 시대에 뒤떨어진 노인네로 생각하고 있었다. 그는 아이들이 가능한 한 오랫동안 그런 믿음을 갖게 만들려고 온갖 약속과 협박을 해댔다.

하지만 그의 심각하고 불안에 찬 얼굴과 떨리는 목소리와 손을 보고 나는 내 생각이 틀렸음을 알았다. 그는 정말로 신을 믿고 있었다! 나의 마음은 한없는 연민으로 가득 차올랐고, "얘기해봐라! 신앙심을 잃어버렸니?"라는 그의 질문에 조용히 "아니오"라고 대답했다. 새빨간 거짓말은 아니었다. 애초에 가지지 못한 것을 잃어버릴 수는 없기 때문이다.

결국 나는 첫 영성체를 받긴 했지만, 그건 내가 영성체를 거부하면 그 충격으로 돌아가실지도 모르는 여든여섯 된 할머니와 말도 안 되는 자신의 신앙을 지켜주는 모래성이 허물어질 위기에 처한 가엾은 한 남자를 위해서였다.

우리에게 성배와 성체가 담긴 쟁반을 내밀 때 그의 손은 다시 떨리고 있었다. 이번엔 환희의 떨림이었다. 그는 거기 모인 모든 소년이 사랑과 감사의 마음으로 예수님을 생각하고 있다고 믿었다. 하지만 단언컨대 그때 남자아이들의 머릿속은 영성체 다음에 이어질 성대한 가족 만찬과 형식적인 의식이 끝난 후 가지고 놀 구슬과 팽이 그리고 여자애들 생각으로 가득했다.

목사님은 케루빔 천사 같은 아이들을 바라보는 가족의 마음속에 오직 하느님과 이웃에 대한 사랑만이 담겨 있다고 믿었다. 하지만 그때 가족들은 자기 자식과 다른 아이들의 옷을 서로 비교하고 있었고, 어느 아이가 자기네 형이 입던 것을 물려입었는지를 가려내고 있었다. 그들은 잘 씻지 않은 귀를 후비고서는 이따가 교회 문을 나서면서 서로 주고받을 인사치레 속에 담을 뼈 있는 말들을 준비하고 있었다.

그 시간, 그랑뤼 거리 반대편 끝에 위치한 가톨릭 교회에서도 비슷한 옷차림의 사람들이 비슷한 의식을 행하면서 비슷한 생각을 하고 있었다.

부모와 아이들의 얼굴, 그리고 개신교와 가톨릭 신자들의 은총을 받은 듯한 너그러운 얼굴 뒤에는 무관심과 심술궂음이 숨겨져 있었다.

내가 창피했던 것은 나의 우뚝한 큰 키 때문이 아니었다. 내 얼굴에 드러날 거짓과 다른 이의 얼굴에 나타날 거짓 그리고 그 모임과 교회와 단순한 영혼이 그 안에서 말하고 있는 허무맹랑한 이야기가 갖고 있는 거짓 때문이었다. 그리고 제시간에 교회에 모여 마치 신을 믿는 듯 행동하는 이들의 거짓 때문이었다.

이 모든 것 속 어디에 진실이 있었던가? 앙숙지간인 두 교회에 모인 수천 명의 사람 속에 진실이 있었을까?

그들은 속이고 또 속이고, 마침내 모든 것을 속이고 있었다.

나의 뺨과 이마는 부끄러움으로 달아올랐다. 나는 식은땀을 흘렸다. 삼킨 성체 조각이 잘못하여 기도로 넘어갔다. 나는 포도주를 끝까지 마셔버리고 독실한 체하는 그 신자들을 향해 마치 아이들이 늪에 돌멩이를 던지듯 헌금함을 던지고 싶은 충동을 느꼈다. 그러나 나는 그런 마음을 꾹 참았고, 그렇게 참고 있는 것이 또 부끄러웠다. 지금도 나는 여전히 부끄럽다. 나와 다른 사람들과 전 세계의 교회에 퍼져 있는 거짓과 그들의 계명과 그들 단체의 거짓이 부끄럽다. 그리고 교회가 제시하는 것을 믿는 척하는 수백만 신자의 거짓이 부끄럽다.

그러한 거짓은 인간의 희망이 빠져나올 수 없는 진창과도 같다.

나의 개신교 조상들은 가톨릭 교회에 부끄럼을 느끼고 가톨릭을 떠났다. 그들은 잘못했다.

사람들은 자기 집이 더럽다고 해서 집을 떠나지 않는다. 대신 집을 청소한다.

그들이 떠난 후 로마 교회는 청소를 단행했고, 그들은 다시 그 안에 들어갈 수 없게 되었다. 그들은 전통에서 단절됐고, 그 비밀스러운 언어의 축복, 그중에서도 특히 예식, 성당, 사제의 의복과 장식과 같은 가톨릭 교회의 조직과 체계가 주는 축복을 잃었다. 물론 집 안에 머물러 있던 사람들도 이미 그 언어의 의미를 잊었다. 하지만 마당으로 나가 헛간에서 잔다고 해서 등불이 놓여 있는 지하동굴에 이르는 길을 다시 찾을 수 있는 것은 아니다.

그 등불이 어디에 있는지 알고 있었던 성직자들이 지어냈을 원탁의 기사 이야기는 그 시대의 인물과 의복을 비유적으로 사용하면서 그곳에 도달하기 위해 거쳐야 하는 정신적 여정이 어떤 것인가를 상징적으로 보여주고 있다. 그 모든 비유는 오늘날의 독자들에게 너무 모호한 것이 되어버렸다. 하지만 그중 몇 가지 비유는 자명하고 의미 또한 분명하다.

가령 성배는 원탁의 기사의 모험에 대한 보상이며 그의 배고픔과 목마름을 달래준다. 예수가 창으로 옆구리를 찔렸을 때 흘린 피를 담았던 잔이 성배이다. 그 잔은 모세의 얼굴처럼 찬란한 빛을 발한다. 언제나 같은 비유다.

예수의 피를 담고 있는 성배는 진리가 씌어진 성전이요, 진리를 열어젖힐 열쇠요, 진리에 이르는 문이요, 진리가 놓여 있는 장소다.

그런데 이 성배는 부상당한 왕이 지키고 있는 성의 은밀한 곳에 간직되어 있다. 이 왕은 예수의 옆구리를 찔렀던 바로 그 창으로 넓적다리에 상처를 입었고, 그 상처는 결코 치유되지 않는다. 영원히 낫지 않는 상처에서는 피가 흐르고 그는 고통스러워한다. 상처는 치유되지 않지만, 그 상처로 죽지도 않는다. 성배를 지키는 것이 그의 사명이다. 상처에서는 피가 나고, 상처는 썩어간다. 그는 고통스럽다.

부상당한 왕이 지키는 성으로 가려는 모든 기사는 성배를 지키느라 피를 흘리는 이 가엾은 사람을 동정한다.

그들 중 한 명이 악마의 갖가지 계략과 모든 난관을 극복하고 적을 물리친 뒤 마침내 성을 발견한다. 동정심 많은 그는 성에 들어서며 왕의 건강을 염려한다. 그 순간 성은 그의 눈앞에서 사라진다. 그는 성배를 찾지 못한다.

오직 백마의 기사 갤러해드만이 성에 들어서면서 던져야 할 물음을 던진다. 그는 왕의 건강에는 관심이 없다. 그는 의사도 아니고 감상에 빠진 사람도 아니며 왕에게 반창고를 붙여주러 온 사람도 아니다. 그러기 위해서 어린 시절부터 마법과 허상을 물리치며 이 길을 달려온 것이 아니다. 그가 성에 온 이유는 성배 때문이지 왕 때문이 아니다. 급하게 성에 들어선 그는 거의 광포한 모습으로 외친다.

"성배는 어디에 있는가?"

결국 그는 성배를 손에 쥐었다.

여기서 성배를 지키는 왕은 교회를 상징하는 것 같다. 교회는 인간적이며 물질적이기에 결코 완벽하게 건강할 수 없다. 하지만 교회의 상처가 썩어 문드러지거나 고름이 난들 무슨 상관인가? 우리는 눈물을 흘려서도 결코 치유할 수 없는 교회의 상처를 치료하려고 노력할 필요가 없다. 다만 교회를 향해 이렇게 외치

기만 하면 된다. 신은 어디에 있는가? 그리고 교회가 더이상 우리에게 자신의 성안에서 길과 문을 알려주지 못할 때, 그 길과 문을 교회와 함께 찾으면 되는 것이다.

정신주의가 거짓된 얼굴을 하고 있다는 이유로 그것을 외면하고 현실에서 확신을 구하고자 했던 인간은 오늘날에 이르러 그 현실 역시 거짓되다는 것을 알았다. 현실은 진짜가 아니며, 모든 것은 무이다. 우리는 보이지 않는 것을 보고, 만질 수 없는 것을 만지고 있다.

물질주의의 발치에서 물질은 오히려 사멸된다. 우리의 감각과 이성이 정신 속에 세우는 우주의 건축물은 연극의 무대장치보다 더 깊지 못하다. 우리의 앎을 한정하는 외관 뒤로 가보면, 균등한 비물질적 힘으로 소용돌이치는 무한이 움직이고 있다. 이러한 힘, 무한, 균형, 질서 등은 칼, 가슴, 장미, 별 등에서도 똑같이 존재한다. 이 거대하면서도 세밀한 질서는 무와 더불어 세상만물을 만들어낸다. 따라서 우리는 그 질서가 현실주의와 정신주의가 만들어낸 거짓 형상 뒤에 존재하는 단 하나의 유일한 실체라는 생각을 할 수 있다.

그렇기 때문에 이 무대장치에서 저 무대장치로 넘어가려는 이들은, 비록 다른 방향으로 나아갈지라도 그럴듯해 보이는 거짓된 외관을 뚫고 들어가면 모두 한자리에서 만나게 된다.

우리의 자식들이 해답을 찾게 되면, 그들은 그것으로 만족할까? 그들은 과연 그 해답 속에서 자신을 죽이려는 생명체의 지배를 납득하고, 자신의 살이 찢겨나가는 것을 당연하게 생각할 수 있을까?

우리가 생명체의 유용성을 이해하는 데 도움이 되는 고전적인 물음이 있다. 아마 여러분도 알고 있을 것이다. 그 물음은 다음과 같다.

생명체도 과학적 장치도 없고, 오직 외부에서 조절되는 전구만이 천장에 매달려 있는 완전히 차단된 어두운 방이 있다고 가정해보자. 그 전구에 전류를 흘려보내 전구를 켜면, 그 방 안은 빛으로 환해질까?

너무 쉬운 문제 같다. 우리는 "물론! 당연하지요!"라고 대답할 것이다.

하지만 문제는 그렇게 간단하지 않다.

다시 한번 찬찬히 생각해보자.

그리고 실험을 다시 시작해보자. 폐쇄된 방 안에 외부 검류계와 연결된 광전지를 넣어보자. 그리고 검류계의 계기판을 보자. 전구가 켜지자마자 전류가 흐르는 것을 검류계로 확인할 수 있을 것이다.

여기서 우리는 전구가 전류를 발산한다는 결론을 내릴 수 있는가?

내릴 수 없다. 전구는 광선과 광자, 양자 등을 발산한다. 새로운 이론이 나오기 전까지는 파장이라고 해두자.

광전지는 이 파장을 받아 그것을 전류로 변환시킨다.

이제 폐쇄된 방 안의 검류계와 연결된 광전지 옆에 신경계와 연결된 눈을 가진 생명체를 넣어보자. 그리고 전구를 켜보자.

전구는 파장을 보낸다.

광전지는 파장을 받아서 그것을 전류로 변환한다.

눈은 그 파장을 받아서 빛으로 변환한다.

우리는 눈 대신 소리, 열기, 촉감, 진동, 냄새, 움직임 등 수많은 감각의 형태로 파장을 변환하는 감각기관을 가진 생명체를 완벽하게 그려볼 수 있다. 파동을 우리의 고유한 감각기관의 한계를 벗어나는 인지 형태로 변환하는 존재 말이다.

빛은 우리의 눈과 뇌를 통해 전등에서 발산된 파장을 받아서 변형하는, 우리가 사용하는 무수히 많은 방법 중 하나이다.

이런 변환을 조작할 사람이 없다면, 폐쇄된 그 방 안에 빛이 있다고 할 수 없다.

빛을 만드는 것은 바로 눈이기 때문이다.

생명체는 수천, 수백만 가지 방식으로 창조되었지만 그것 모두를 보고 감지할 수 없으며 그중에서 고작 여섯 가지의 방식으로만 보고 감지하는데 창조란 것이 과연 무엇인지 알 수 있을까? 그런 경우 창조는 없는 것이나 마찬가지일 것이다.

창조는 잔해만도 못할 것이다. 그것은 감지된 적이 없으므로 감지할 수도 없다. 무와 마찬가지다.

이것이 생명체의 역할인가?

생명체의 역할은 우주를 감지함으로써 우주에 존재성을 부여하는 것인가?

창조주는 자신의 창조물을 창조했다. 창조주라는 말이 거북스러울 수 있다. 이 말에서는 떨리는 목소리로 주님과 선한 하느님을 말하는 일요일의 설교 냄새가 난다. 하지만 이 말은 의미하는 바를 정확히 지칭하는 아주 단순한 단어이다. 그런데 사람들이 그것에 잼을 바르고 솜으로 만든 수염을 갖다붙였다. 제약도 없고 가늠할 수도 없는, 거대하고 본질적인 이 말은 보편교회주의를 지칭하는 정도의 수준으로 작아져버렸다. 그런 부담감에서 벗어나서 다시 써본다면 이렇게 될 것이다. 창조의 원리가 자신의 창조물을 창조했다.

나를 곤혹스럽게 하는 것이 또하나 있다.

이번엔 바보 같은 오메*가 아닌, 19세기 가스등의 불빛을 받아 환한 지성을 갖춘 철학교수 장 폴 사르트르 때문이다.

그럼 이렇게 써보자. 창조하는 것은 말과는 상관없다. 만약 여러분이 내가 하고 싶은 말을 느끼지 못한다면 이 책은 아무짝에도 소용이 없다. 당신도 나도 마찬가지다. 그런데 그것이 바로 우리가 찾고 있는 진리가 아닐까. 하지만 우리에겐 다른 진리를 기대할 권리도 있다. 창조하는 것이 자신의 창조물을 창조한다.

하지만 이 창조물을 알아보는 자가 아무도 없다면, 창조자는 아무것도 창조하지 않은 것이 된다. 창조는 인식되지 않는 한 창조되지 않은 것이다. 생명체는 창조된 것을 인식함으로써 창조작업을 마무리하게 된다. 이는 인간이 생명활동을 통해 할 수 있는 가장 멋진 역할이다. 자신이 살아 있음을 의식하고, 깨닫고,

* 플로베르의 『보바리 부인』에 등장하는 소시민 계급의 남자.

자각하는 한, 자동 기계장치 같은 벙어리, 귀머거리로 서투르고 우스꽝스럽게 자신의 생을 허비하지 않는 한 그는 가장 홍분되고 위대한 역할을 수행할 수 있다.

인간을 신과 동격으로 느끼게 해주는 이러한 역할에도 불구하고, 정당화할 수 없는 것은 정당화할 수 없다. 수천 개의 우주를 가져다준다 한들, 창조의 모든 것을 가져다준다 한들 중이염으로 고통받는 생후 10개월 아기의 고통과 사자의 발톱에 배가 찢긴 영양의 고통, 곤들매기의 이빨에 두 동강이 난 잉어의 고통을 보상해줄 수는 없는 것이다.

무구한 존재의 고통을 정당화할 수 있는 것은 없다.

온 우주를 다 준다 한들 어린 양의 죽음을 보상할 수 없다.

세상의 모든 이치로도 흘리는 피를 설명할 수 없다면, 핵전쟁의 시대는 도래하고야 말 것이다.

내가 생각하는 것은 인간이 흘리는 피가 아니다.

인간의 피는 오직 인간에 의해서만 흘려질 것이다. 인간이 그것을 원하기 때문이다. 그리고 인간은 양이나 호랑이처럼 무구한 존재가 아니다. 인간은 상처를 입히고 죽이고 파괴할 때 자신이 하는 행위를 안다. 그런 행위가 필연적이기 때문에 자행되는 경우는 드물다. 인간의 고통은 그 어디에도 하소연할 길 없는 유일한 고통이다. 그 고통은 인간의 몫이기 때문이다.

내가 생각하는 건 대학살로 흘리는 피다. 살아 있는 모든 존재는 태어나면서, 더 단순하게 말하자면 태어났기 때문에 대학살에 휩쓸린다.

일반적인 살상의 이유가 삶을 유지시키는 것 하나라면, 그리고 각각의 생명체가 칼 아니면 잘려진 목이 되는 유혈 낭자한 희생극을 치르는 이유가 고통을 지속시키기 위해 계속 육체적 고통을 가하는 것이라면, 그러한 체제는 잘못된 것이며 생명 자체도 옳지 않은 것이다. 그런 생명이 인간을 만들어냈다면, 인간이 핵폭탄을 만드는 것은 당연한 귀결일 것이다.

그것은 마치 기술자가 새로운 기계를 만들어내고는 그 기계를 최대 출력으로 작동시켜보는 것과 비슷하다. 그 시험에 통과해야 그 기계를 만든 이가 원래 계획했던 것을 생산할 수 있다. 기계의 엔진 회전 속도가 최고에 달했는데 그것을 견뎌내지 못한다면, 그 기계는 불완전함 때문에 파괴되고 말 것이다.

1966년 1월 1일. 개를 쫓아 마당을 뛰어다니며 울고 웃고 숨쉬며 아무것도 의심하지 않는 두 손녀가 방문을 두드리며 나를 부르고 있다. 하지만 나는 오늘 이 책을 꼭 끝낼 것이다. 손자놈 둘은 바닷가에 있다. 네 아이의 순수한 세포에는 이미 인간 종과 생명의 정보가 담겨 있다. 이 책이 출간될 즈음에는 한두 명의 아이가 또 삶의 여정에 들어설지도 모르겠다. 삶과 사랑과 자손은 부족함이 없다.

한 해가 지고 한 해가 시작된다. 묵은 것은 가고 새 것이 도래한다. 지구는 돈다. 거대한 무의 공간에서 자전하고, 태양 주위를 돈다. 무도회가 영원히 끝나지 않기를 바라는 마지막 남은 왈츠 주자처럼 돈다. 태양이 돌고 돈다. 끝없는 은하계의 대 여행 속에서 돌고 도는 태양은 지구와 자신의 다른 행성들을 이끌고 간다. 은하계가 돌고 돈다. 우주가 돈다. 상상을 초월할 정도로 많은 미립자 무리도 돌고 돈다. 그리고 이 현기증 나는 소용돌이는 무, 즉 영의 무한한 소용돌이다.

손녀들이 개의 뒤를 쫓아 뛰어간다. 그 아이들은 살아 있기 때문에 존재한다. 유일한 현실은 삶이다.

물질은 허깨비이고, 우주는 진공에서 불어오는 끝없는 바람일 뿐이다. 개의 꼬리가 존재하는 것은 살아 움직이는 어린 소녀가 그것을 보고 또 잡으려 하기 때문이다.

나는 그 아이들만큼이나 내가 젊다고 느낀다. 그것은 아마 내가 그들보다 더 많은 호기심과 기쁨을 느끼기 때문일 것이다. 그 아이들은 살아 있다. 나는 내가 살아 있다는 것을 안다. 그것을 깨닫기까지는 많은 시간이 걸렸다. 그리고 나는 나머지 모든 것도 알기를 원한다. 신이 아닌 한 모든 시간이 주어져도 충분하지 않다.

새해가 밝았다. 하루가 졌다. 아이들을 재우러 가야 할 시간이다.

나는 '끝'이라는 단어를 쓰고 싶다. 내일 아침은 어떤 날일까? 한 인간의 시간은 짧고, 인간의 시간은 아마도 끝이 없을 것이다.

어쩌면 그들은 불완전한 기계를 폭파해야 하는 운명인지도 모른다.

하지만 어쩌면 정반대로 그 기계를 완전하게 만들 수 있는 운명인지도 모른다.

지금부터 1세기 후 인류는 자신 외에 살아 있는 모든 것을 지구상에서 사라지게 할지도 모른다. 적어도 500억 이상의 인구가 지구의 전 면적을 차지하게 될 것이다. 땅 위에서도, 물속에서도 암양이나 풀 한 포기, 물고기 한 마리가 생존할 공간이 없을 것이다. 500억의 인구를 먹여살리기 위해서는 외양간에서 송아지가 자라고, 씨앗에서 당근이 열리고, 밀이 여물고, 조그만 붉은 방울이 딸기가 되기를 기다릴 시간이 없다. 공장에서 속성으로 멸균되고 비타민과 향이 첨가되고 1인분씩 포장되어 바로 소비할 수 있는 인공식품을 생산해내게 될 것이다. 우리는 야채와 피가 뚝뚝 떨어지는 고기를 먹는 마지막 원시 세대가 될 것이다. 머지않은 미래의 후손들은 그리 오래지 않은 조상들이 뿌리와 곡식과 흙 묻은 덩이줄기를 먹고 동물을 도살해서 그 고기를 조각내어 먹었다는 것을 알고선 그 끔찍함에 치를 떨 것이다.

종들간의 전쟁에서 결국 승리를 거둔 인간은 나머지 종들을 제거하면서 종들간의 영원한 전쟁을 종식시킬 것이다. 존속하는 유일한 생명 형태인 인류는 무기질로 이루어진 식량을 공장에서 바로 뽑아낼 것이다. 생명체가 생명체를 잡아먹는 식육행위, 살인과 공포와 고통의 순환은 끝나게 될 것이다.

지구에서 진보의 정점에 선 인간은, 인간보다 앞서 존재하면서 인간을 위해 뭔가를 만들어내고 이바지하며 배를 채워준 존재들을 모조리 멸종시킴으로써 모호한 준비과정의 고통스러운 시간에 종말을 고할 것이다. 어쩌면 이것이 인간의 존재이유이고 정당성인지도 모르겠다.

이미 다른 시대가 모습을 드러내고 있다.

지구는 자신의 종자를 키워 별들에 뿌릴 채비를 하고 있다.

인간은 두 가지 운명의 선택 앞에 서 있다. 자신이 자라난 요람안에서 자신의 손으로, 자신의 영민함과 어리석음으로 인해 사멸할 것인가, 아니면 영원한 시간과 무한한 공간 속으로 도약하여 죽고 죽이는 살상으로부터 해방된 삶을 살 것인가.

이 선택에 미래가 달렸다.

어쩌면 이미 선택했는지도 모른다.

인간이 했을까? 인간 종이 했을까? 아니면 생명 그 자체가 했을까? 그도 아니면 어떤 예정된 바가 그렇게 했을까?

그 존재는 생물일까?

아니면 무생물일까?

| 옮긴이의 말 |

내가 르네 바르자벨(René Barjavel)이라는 작가를 알고 그의 책 『야수의 허기 *La Faim du Tigre*』를 알게 된 것은 친구 기욤 덕분이었다. 프랑스에 도착한 지 얼마 되지 않았을 때 본격적인 유학생활의 터전을 잡은 아파트에서 그를 알게 됐다. 그랑제콜에서 전자공학을 전공하던 그는 자작곡을 만들어 데모 앨범도 만들고 틈틈이 과학소설도 쓰는 친구였다. 이따금 나는 그의 방에 올라가 그가 만든 음악을 듣기도 하고, 그가 깊은 관심을 보이길래 짧은 프랑스어로나마 불교사상에 대한 이야기도 들려주곤 했다. 그러던 어느 날, 나는 그의 방 벽에 붙여 놓은 아포리즘이 눈에 띄길래 그것이 무엇이냐고 물었다. 그는 바르자벨의 『야수의 허기』에 나오는 한 구절이라고 했다. 나는 그때 바르자벨의 이름을 처음 들었으며 작품은 말할 것도 없었다. 나는 그때 그가 건네준 바르자벨의 『야수의 허기』를 받아들고 내 방으로 내려와 읽기 시작했고, 결국 수년이 흐른 뒤 이렇게 이 작품을 번역하는 인연으로 이어졌다.

르네 바르자벨은 20세기 중반에 활동했던 프랑스의 유명한 과학소설 작가이다. 비록 우리 나라에는 거의 알려져 있지 않고 그의 작품이 한 번도 소개된 적이 없지만, 아직도 프랑스 젊은이 가운데는 그의 작품을 좋아하는 친구들이 많다. 앞서 말한 나의 친구 기욤도 그런 친구 가운데 하나다. 르네 바르자벨은 1911년 프랑스의 니용(Nyon)에서 태어나 1985년에 세상을 떠났다. 그는 여러 직업을 전전하다가 2차 세계대전을 고비로 본격적인 글쓰기를 시작했다. 그렇게 해서 처음으로 발표한 작품이 『대재난 *Ravage*』(1943)이라는 소설이었다. 이 작품에서 그는 대규모 정전사태로 인한 묵시론적 결과를 그렸다. 이후 그는 일반 문예소설, 시나리오, 에세이, 영화 및 텔레비전 비평 등 다양한 글을 썼지만, 그의 진가가 발휘된 분야는 과학소설이었다. 그는 주로 현대 물질문명의 폐해를 경고하는 과학소설을 썼다. 그래서 그는 1970년대의 '신프랑스 과학소설(La nouvelle science-fiction française)' 동인의 젊은 작가들로부터 많은 비판을 받기도 했다. 하지만 그가 생태학적 주제를 다룬 과학소설의 선구자라는 사실은 그 누구도 부인할 수 없으며, 그가 보여준 뛰어난 통찰력은 반 세기가 지난 지금도 여전히 유효하다.

"『야수의 허기』는 어떤 책입니까?"라는 질문을 받게 되면 나는 르 클레지오의 『침묵』(원제는 '물질적 황홀(L'extase matérielle)')을 번역한 김화영 선생의 후일담이 생각난다. 1960년대 후반, 김화영 선생이 번역원고를 들고 출판사를 찾아갔을 때, 편집자와 그 사이에 다음과 같은 이야기가 오고 갔다고 한다. "편집자가 물었다. 이건 소설인가요? 아뇨. 그럼 논문인가요? 아뇨. 그럼 수필인가요? 아뇨. 그럼 뭐죠? 모르겠는데요. 그냥 글이죠. 뭐." (『침묵』 154쪽 참조) 『야수의 허기』에 대해서도 이런 말을 할 수 있을 것 같다. "그냥 글이죠 뭐." 아닌게 아니라 르 클레지오의 『침묵』과 『야수의 허기』는 형식면이나 주제면에서 닮은꼴이다. 정확히 말하자면 르 클레지오의 『침묵』이나 바르자벨의 『야수의 허기』는 그냥 글이 아니라 유독 프랑스에서 발달한 글쓰기의 형태인 에세이(Essai) 장르에 속하는 작품이다. 『야수의 허기』는 『대재난』과 같은 과학소설은 아니지만 그가 다른 여러 과학소설에서 다룬 주제를 통합하여 문제의 정수만 뽑아 놓은 책이라고 할 수 있다. 그래서인지 바르자벨은 이 책과 자신의 다른 모든 책을 맞바꿀 수 있다는 말을 하기도 했다. 어쨌든 바르자벨은 두 시간이면 읽을 수 있는 이 짧은 책 속에 자신의 전 인생을 걸고 던진 철학적 질문들을 펼쳐놓고 있으며, 심오한 주제를 다루면서도 생생하고 직접적인 표현으로 일관하여 우리 같은 보통 독자들이 자신의 사유 틀 안에서 쉽게 새롭고 깊이 있는 문제의식을 갖도록 만들고 있다.

친구 기욤에게 이 책을 번역하고 싶다고 말해놓고 이렇게 번역을 마무리하기까지 7년 여가 지났다. 그에게 한국어 번역본 한 권 보내주겠노라 약속했는데 많이 지체됐다. 지금은 교수가 되어 학생들을 가르치는 그에게 고마운 마음을 전한다. 그리고 이 책을 편집하느라 수고한 문학동네 편집부에게도 고마운 마음을 전한다.

끝으로 번역 대본으로 사용한 책은 1971년에 출간된 드노엘판 폴리오 문고의 *La Faim du Tigre*이며 본문의 성서 구절은 1977년 대한성서공회에서 출간한 공동번역 성서의 번역을 따랐음을 밝힌다.

2004년 늦봄, 장석훈

옮긴이 **장석훈**

출판기획 및 전문번역가. 서강대학교 철학과와 불문학과를 졸업했다. 리옹 2대학 심리학 연구소 2기 과정을 수료했으며, 현재 서울대 대학원 비교문학과에 재학중이다. 영어 및 불어 도서 40여 권을 번역하였다.

문학동네 교양선

야수의 허기

1판 1쇄	2004년 6월 7일
1판 2쇄	2004년 12월 30일

지 은 이	르네 바르자벨
옮 긴 이	장석훈
펴 낸 이	강병선
책임편집	최정수 김지연
펴 낸 곳	(주)문학동네
출판등록	1993년 10월 22일 제406-2003-045호

주 소	413-756 경기도 파주시 교하읍 문발리 파주출판도시 513-8
전자우편	editor@munhak.com
전화번호	031) 955-8888
팩 스	031) 955-8855

ISBN 89-8281-827-8 03860

www.munhak.com